本译著系国家社会科学基金项目"基于语料库的托妮·莫里森创作风格及其历时演变研究"（项目编号：21BWW039）的阶段性研究成果。

托妮·莫里森与新黑人

Toni Morrison and
the New Black

[巴基斯坦] 加里奥·阿赫塔尔 著
(Jaleel Akhtar)

马 艳 译

中国社会科学出版社

图字：01-2021-1217号

图书在版编目（CIP）数据

托妮·莫里森与新黑人／（巴基）加里奥·阿赫塔尔著；马艳译.
—北京：中国社会科学出版社，2022.6
书名原文：Toni Morrison and the New Black
ISBN 978-7-5227-0624-5

Ⅰ.①托… Ⅱ.①加…②马… Ⅲ.①莫里森（Morrison，Toni 1931-2019）—小说研究 Ⅳ.①I712.074

中国版本图书馆CIP数据核字（2022）第147272号

Toni Morrison and the New Black 1st Edition ／ by Jaleel Akhtar
Copyright © 2019 Taylor & Francis
Authorized translation from English language edition published by Routledge, part of Taylor & Francis Group LLC; All Rights Reserved. 本书原版由Taylor & Francis出版集团旗下，Routledge出版公司出版，并经其授权翻译出版。版权所有，侵权必究。
China Social Sciences Press is authorized to publish and distribute exclusively the Chinese (Simplified Characters) language edition. This edition is authorized for sale throughout Mainland of China. No part of the publication may be reproduced or distributed by any means, or stored in a database or retrieval system, without the prior written permission of the publisher.
本书中文简体翻译版授权由中国社会科学出版社独家出版并仅限在中国大陆地区销售，未经出版者书面许可，不得以任何方式复制或发行本书的任何部分。
Copies of this book sold without a Taylor & Francis sticker on the cover are unauthorized and illegal. 本书贴有Taylor & Francis公司防伪标签，无标签者不得销售。

出版人	赵剑英
责任编辑	王 衡
责任校对	王玉静
责任印制	王 超

出　版	中国社会科学出版社
社　址	北京鼓楼西大街甲158号
邮　编	100720
网　址	http://www.csspw.cn
发行部	010-84083685
门市部	010-84029450
经　销	新华书店及其他书店

印　刷	北京明恒达印务有限公司
装　订	廊坊市广阳区广增装订厂
版　次	2022年6月第1版
印　次	2022年6月第1次印刷

开　本	880×1230 1/32
印　张	6.875
字　数	131千字
定　价	48.00元

凡购买中国社会科学出版社图书，如有质量问题请与本社营销中心联系调换
电话：010-84083683
版权所有　侵权必究

谨以此译著献给我的父母

译 者 序

《托妮·莫里森与新黑人》（以下简称《新黑人》）是一本探讨托妮·莫里森如何在后黑人艺术、后黑人和后种族话语权的背景下探索新黑人概念，以及新黑人价值观多样性的学术专著。《新黑人》一书追溯了"黑人是新黑人"这一概念的历史发展进程，并将其与非裔美国黑人美学全面地联系起来——包括黑人艺术运动、黑人权力运动、"黑即是美"以及后黑人、后奥巴马等思想流派。通过诠释当代关于黑色肌肤的概念以及种族间的巨大流动性，作者加里奥·阿赫塔尔认为莫里森的新黑人概念以身份的流动性、交叉性为基本特征，超越了任何固定的黑人主体性定义或概念，新黑人概念的提出为性别、种族、种族流动性和身份建构提供了新的思考方式。

《新黑人》一书是一本文学、文论方面的学术专著，该书理论结合实际地探讨了莫里森11部小说中的4部，分别是《所罗门之歌》(Song of Solomon)、《爵士乐》(Jazz)、《爱》(Love) 和《天佑孩童》(God Help the Child)。其中,《天佑孩童》的引用频率最高、解析最多,所以该专著的副标题是《天佑孩童》解析。

《天佑孩童》出版于 2015 年,是莫里森 11 部小说中的最后一部。该小说部分地延续了《最蓝的眼睛》中深肤色女孩的悲惨童年境遇,聚焦于童年创伤的描摹,讨论了深肤色对家庭关系和个人成长的影响,儿童在童年时期遭受的各种创伤,以及如何通过"言说"的方式使受创者走出童年创伤的阴影。由此可以理解莫里森为何最初将这本小说命名为《孩子们的愤怒》(The Wrath of Children)。

国内学者对这部小说题名的翻译有 3 种:《天佑孩童/儿童》[1];《上帝救助/帮助孩子》[2];《孩子的愤怒》[3]。译者认为虽然《上帝救助/帮助孩子》采用了直译,但是小说中并没有任何涉及上帝以及宗教的描述,不易将"上帝"作为关

---

[1] 焦小婷:《又一个不得不说的故事——托尼·莫里森的新作〈天佑孩童〉解读》,《西安外国语大学学报》2017 年第 3 期;郭丽峰、杨晓丽:《空间视域下莫里森〈天佑儿童〉中的身份建构》,《长春大学学报》2019 年第 9 期。

[2] 王卓:《〈上帝帮助孩子〉中的肤色隐喻与美国后种族时代神话》,《当代外国文学》2020 年第 3 期。

[3] 黄晴:《身体、空间、重构——解读莫里森新作〈孩子的愤怒〉》,《陇东学院学报》2019 年第 4 期。

译者序

键字在题目中呈现；其次，《孩子的愤怒》采用的是该小说的原始名称：*The Wrath of Children*，鉴于莫里森已经在出版时重新修订了小说名，那么还是应该遵从作者的意愿。鉴于此，译者认为《天佑孩童》这种译法更符合小说基调，所谓的"天佑"也是作者在小说中的仰天长叹：我们的孩子该由谁来护卫？

翻译此专著的初衷有两点：一是为了在美国文学、文论以及文本分析领域做出一个学者应有的，也是力所能及的贡献。该专著由罗德里奇出版社出版，学术价值可见一斑，译成汉语后在国内出版，方便更多研究英美文学、文论、族裔文学的学者参阅；二是为了纪念文学巨星托妮·莫里森（莫里森于2019年8月5日去世，享年88岁）。莫里森在许多访谈中都表示我们应该铭记历史，记住那些为了推动人类进步而失去宝贵生命的人。在访谈录《路边的长椅：托妮·莫里森的〈宠儿〉》中，莫里森就未设立纪念碑对逝者进行悼念这一行为表示遗憾："你和我无处可去。没有什么地方让我们去追忆，或者不去追忆那些走过这段历程和没有走完这段历程的人们，没有合适的纪念馆、匾额、花圈、墙壁或纪念堂……路边连一把小小的长椅都没有。"托妮·莫里森学会由此创立了"路旁长椅"项目，以此表彰和纪念那些人类历史上应该被记住的人们。在此，作为一名学者，谨以此文字形式纪念 1993 年诺贝尔文学奖获得者——托妮·莫里森女士。

  此译著的翻译历时 3 年,译稿读过数遍,仍觉有修改的余地,疏漏之处,请广大读者斧正。

马 艳

2022 年 1 月于宁夏银川市中梁御府

题　　献

致我最爱的母亲乌姆·库尔苏姆（Um-e-Kulsoom），我的精神之母科洛伊·沃福德（Chole Wofford），又名托妮（Toni），托妮·莫里森（Toni Morrison），以及我生命中其他给予我帮助的母亲们，她们是萨伦·图（Shereen Chias）、玛丽亚·劳雷特（Maria Lauret）、玛丽安·麦莉（Marianne Mailie）、多琳·杜·布雷（Doreen du Boulay）和马尔·加利西亚（Mar Gallego）。

致　　谢

首先，我要感谢来自阿尔伯塔大学的迈克·奥德利（Milk O' Driscoll）对这个项目给予的最初反馈。特别感谢他提醒我，我在著作中关于新黑人的讨论不应该与当代美国种族政治的现实相脱节。非常感谢保罗·C. 泰勒分享他在新黑人美学方面的见解和意见。他的鼓励，让我在霍伊特·富勒（Hoyt Fuller）、特雷·埃利斯（Trey Ellis）等思想家以及法瑞尔·威廉姆斯（Pharrel Williams）等艺术家的帮助下确立了一个正确方向，并且讲述一个振奋人心的故事。衷心地感谢朱达·贝内特（Juda Bennett），他建议我避免把已经结束的后种族主义与新黑人混为一谈，并在探讨"社会力量"如何塑造新黑人走向成功方面提出了宝贵的建议。在2016年7月于纽约举办的托妮·莫里森协会第七届双年会上，有幸能够与朱达同行，他的反馈给了我极大的鼓励和支持。衷心感谢马尔·加利西亚（Mar Gallego），感谢她对我项目的积极回应，并认可这是一个具有研究前景的领域。感谢玛丽安·麦莉（Marianne Mailie）无条件地支持与反馈。在第七届托妮·莫里森协会双年会议上，我有机会与研究莫里森的学者们分享了有关这本书的一些想法，是他们给了我创作并完成这本书的真正动力。在此，我要特别感谢罗纳·弗雷泽（Rhone Fraser）、海伦娜·伍达德（Helena Woodard）、拉维·尼亚·詹宁斯（La Vinia Jennings）、贾斯汀·塔利（Justine Tally）、伊芙琳·贾菲·施赖伯（Evelyn Jaffe Schreiber）、法拉·贾斯敏·格里芬（Farah Jasmine Griffin）和赫尔曼·比弗斯（Herman Beavers）。

在编写此书时，拉合尔COMSATS学院的同学们热衷于了解莫里森，尤其对阅读和研究《天佑孩童》感兴趣的理科学生，特别是阿鲁玛·坎沃尔（Arooma Kanwal）、拉贝·赛义德（Rabea Saeed）、玛丽亚姆·法蒂玛（Mariam Fatima）、塔霍尔·阿里（Tahoor Ali）（我们共同完成了一篇关于莫里森《爵士乐》的论文）以及哈比卜·拉赫曼（Habib Rehman），他们都给了我很多意见和建议，并加深了我对《天佑孩童》一书的理解。最后非常感谢我在旁遮普大学的导师塞西塔·索姆·西拉杰丁（Shaishta Sonnu Sirajuddin）教授（特别感谢他在诗歌方面对我的启迪）、希尔琳·拉辛（Shirin Rahim）女士（感谢她帮我开启了通往文学世界的大门）

致 谢

和嘉瑞娜·赛义德（Zareena Saeed）女士（感谢她最初介绍我阅读莫里森的作品）。

最深切的感谢给予我在苏塞克斯的导师尼古拉斯·罗伊尔（Nicholas Royle）（我十分想念他），玛丽亚·劳雷特（Maria Lauret）（我非常想再次对她说："让我们一起研究莫里森吧！"）和道格拉斯·海恩斯（Douglas Haynes）（感谢他的信任）。我十分想念他们。特别要感谢我的同事马格苏德·艾哈迈德（Maqsood Ahmed），感谢他在我回乡时的热情接待，感谢我的朋友阿布·贝克·吉亚斯·阿里（Abu Baker Ghias Ali），感谢我在拉合尔COMSATS学院的导师和尊敬的主任卡萨尔·阿巴斯（Qaisar Abbas）。感谢多琳·杜·布来（Doreen du Boulay）对本书手稿的润色，感谢劳特利奇出版社的编辑珍妮弗·阿伯特（Jennifer Abbott）和维罗妮卡·哈格（Veronica Haggar）的协助，感谢项目经理谢里·西普卡（Sheri Sipka）的宝贵意见。感谢我的朋友、家人和其他合作伙伴：尼德·托尔（Ninder Toor）、泰金德普·辛格（Tajinderpal Singh）、格尔·辛格（Yugvir Singh）、乌兹玛·贾本（Uzma Jabeen）、伊薇特·拉塞尔（Yvette Russel）、阿伊莎·阿齐兹（Ayesha Aziz）、玛利亚姆·齐亚（Mariam Zia）、祖福卡·海德（Zulfiqar Hyder）博士和他的家人、伊姆兰·汗（Imran Khan）和他的家人、萨尔曼·拉菲格（Salman

Rafique)、纳比亚·穆巴拉卡（Nabbiya Mubaraka）、阿萨姆·瓦西姆（Asam Waseem）、克哈里尔艾·马德（Khaleel Ahmed）、哈西姆·瓦西姆（Qasim Waseem）、娜伊姆·阿赫塔尔（Naeem Akhtar）、伊斯梅尔·穆索德（Ismail Masood）、法里德·丁（Farid-ud-Din）、萨佳·伊克巴尔（Iqbal Bar-yar）、马克索德·穆达莎尔·艾马德（Muddassar Mahmood Ahmed）博士、M. 米札·祖博尔（M. Mirza Zubair）博士、努尔·西亚（Noor-ul-Hira）、伊克巴尔·巴里亚（Iqbal Bar-yar）、阿西夫·伊克拉姆（Asif Ikram）、木塔茨·丹纳德（Mumtaz Dhanani）和他的家人、伊尔莎德·道格（Irshad Dogar）和达伍德·艾哈迈德（Dawood Ahmed）。

感谢我的妻子福齐亚·加里奥·阿赫塔尔（Fouzia Jaleel Akhtar），感谢她的耐心、理解和支持。感谢我的孩子丹尼斯·阿里·阿赫塔尔（Danish Ali Akhtar）（给我带来幸福、使我更加成熟）和哈桑·阿里·阿赫塔尔（Hassam Ali Akhtar）（感谢他富有感染力的微笑）。

致　谢

2016年7月,托妮·莫里森女士在"托妮·莫里森协会双年会议"上留影

目　　录

引　言 ……………………………………………（1）
　第一节　新黑人的演变 …………………………（6）
　第二节　后黑人就是新黑人 ……………………（17）
　第三节　新黑人与社会流动 ……………………（28）
　第四节　成为新黑人 ……………………………（41）
　第五节　黑色身体及其掌控者 …………………（53）

第一章　旧黑人的越界 …………………………（63）
　第一节　种族越界的历史 ………………………（65）
　第二节　越界作为一种生存法则 ………………（73）

第二章　越界成为新黑人 ………………………（87）
　第一节　负罪感与羞耻感 ………………………（87）
　第二节　新黑人的着装 …………………………（92）

第三节　新黑人与先驱者 ………………………（98）
　　第四节　新黑人与刻板印象 ……………………（104）

第三章　奥利奥化新黑人 ……………………………（116）
　　第一节　新黑人美学 ……………………………（116）
　　第二节　新黑人与身份 …………………………（123）
　　第三节　新黑人与奥利奥 ………………………（130）

第四章　新黑人的愁思 ………………………………（141）
　　第一节　"颠覆纯真"的迷思 …………………（141）
　　第二节　纪念的悖论 ……………………………（155）
　　第三节　哀悼的意义 ……………………………（163）

结语　《天佑孩童》中的顿呼修辞 …………………（175）

参考文献 ………………………………………………（182）

引　言

  对"黑人"的定义和对"黑"的内涵的描述有很多，这些定义和描述涉及或许很有趣的狡猾的科学和相关虚构物……因此，研究这个术语的结构、它的文学用途以及这个术语所引发的相关活动是一件很有趣的事情……

托妮·莫里森，《他者的起源》

  在《天佑孩童》中，莫里森在后黑人艺术（post-Black Arts）、后黑人（post-black）和后种族话语权（post-racial discourse）的背景下探讨了新黑人（new black）的概念。与阿兰·洛克（Alain Locke）对新黑人概念的诠释一样，莫里森通过涵盖当代关于黑色的不同概念，并且在认为种族具有巨大的流动性的前提下，提出新黑人价值观具有多样性。这一多样性的新黑人价值观为性别、种族、种族流动性和身份建构提供了新的思考方式。新黑人的定义有助于我们重新评价新旧黑人主体地位之间的关系。借用玛戈·纳塔利·克劳福德（Margo Natalie Crawford）的话来说，新黑人是对固化的黑人身份的彻底"颠覆"（Crawford，2017：第5章）。莫里森从一个有社会抱负的年轻黑人女性——卢拉·安·布赖德维尔，也叫布莱德——的角度提出了她的新黑人概念。布莱德是新黑人企业家精神的典范。莫里森通过对布莱德的塑造重新定义了黑人的身份，尤其重新定义了黑人女性的形象、经济方面的成就和社会流动性。汤普森认为，莫里森在这本小说中为黑人女性创建了一个供她们探索自身欲望的空间，在这里她们可以尽情分享个人经历而不必感到羞愧。莫里森的这一行为在黑人女性作家中无疑是十分罕见的（Thompson L.，2009：10，71）。

莫里森对布莱德——一名新黑人女性的塑造是对女性主义者就黑人女性对"快乐、自我探索和能动性"的呼唤的回应（Thompson L.，2009：8）。布莱德个性独立并且具有很强的社会流动性。她无视关于个人行为和社会地位方面的保守规则，这些规则可能会阻碍她实现能动性和社会流动性，是她取得更显著经济成就的绊脚石。就像肖恩·李（Shayne Lee）对标志性的黑人性革命者所描述的那样，布莱德向限制黑人女性自主性的传统糟粕发起挑战，并鼓励新一代女性

引　言

向寻求能动性的方向迈进，这一行为对定义黑人概念创造了更广阔、更具有流动性的空间（Lee，2010：9）。布莱德将她的性别作为一种隐形的权力资源，这是莫里森构建的新黑人的核心。通过对布莱德性格的塑造，莫里森对黑人的主体性是如何建构的（尤其是被标记为双性恋或者酷儿）[①]，以及自体性、雌雄同体、厌食症、性别和性取向的流动性和可塑性质疑。作为新黑人，布莱德证明了她有能力和勇气取得经济上的成功。在早期的职业生涯中，她发现因为肤色问题她只能在社会最底层谋职，但她性格顽强，从不放弃。当她在商界有所作为的时候，她又在前进的道路上遇到了白人的等级制度和权力结构的阻碍。她成为众人联合打压、嫉妒、歧视的对象，成了她的白人助理布鲁克林在职业上的竞争对手。纵观她的职业生涯，从新黑人、后黑人和后灵魂等概念研究黑人的成功演变是十分重要的。这些概念最终成就了新黑人的时代精神。

新黑人是以黑人的物质成就来定义黑人的主体性地位。

---

① 就像新黑人对"从黑檀木到柠檬汁再到牛奶般的各种肤色的女人"的概括一样（Morrison，2015：10），酷儿并不意味着同性恋，但它涵盖了许多方面，如受虐狂、恋童癖、施虐狂等等，也不像凯瑟琳·斯托克顿（Kathryn Stockton）的"侧向成长"（growing sideways）所暗示的那样，不是一种健康向上的成长。从某种意义上说，酷儿是异性恋的反义词，但根据不同的语境，酷儿有更多的含义。

这一概念再次肯定了上进心和成功的作用，这也是美国梦的承诺。这证明了美国的精英管理体制——只要努力工作，任何人都可以取得物质上的成功。新黑人的崛起可以解读为民权时代和后民权时代的最高成就以及目的论成效（Fleetwood，2015：70-71）。这一崛起已经成为衡量种族成功的一个标准，特别是自从后民权时代以来，世界见证了标志性的黑人名人在音乐、商界、娱乐业、政界的崛起。用鲍尔温（Baldwin）意味深长的话来说，作为新黑人，布莱德承担着"表现的重任"和性别化的黑人（女性）身份的意象，其中包括"黑色皮肤对个体和种族群体的历史意义、字面意义以及象征意义"（Dyson，2016："引言"）。布莱德很幸运地出生并成长于20世纪90年代。① 她迎来了一个新黑人崛起的

---

① 值得注意的是，布莱德出生并成长于20世纪90年代。根据阿里森·霍布斯（Allyson Hobbs）的说法，从90年代开始，美国社会开始承认混血儿身份，这种变化不仅反映在个人态度上，而且也反映在联邦对于种族的分类上（A Chosen Exile，274）。到90年代末，人们对可塑的、多种族的和混血的身份更加认同。20世纪90年代初到21世纪的第一个十年是国内和国际事件的分水岭，标志着历史上的一个新阶段——打破种族隔阂，为第一位黑人总统当选奠定了基础。新黑人的崛起得益于基于90年代打破种族隔阂的概念而兴起的多种族运动。关于90年代作为"国家和国际事件的分水岭"的进一步讨论，请参阅朱莉·卡里·内拉德（Julie Cary Nerad）的《转瞬即逝的兴趣》（Nerad，2014：5-6）。20世纪90年代的多种族运动使我们对种族的看法发生了重大转变。混血作家丹齐·塞纳（Danzy Senna）将其称为"黑白混血儿的千禧年"，《天佑孩童》一书将其定义为新黑人的时代（Nerad，2014：276）。

引　言

时代，各行各业成功的黑人比比皆是，尤其是在后黑人和后种族主义话语的两极分化时代，这是一个以新黑人名人文化崛起为标志的时代（Fleetwood，2015：58）。回顾过去，这一时期涵盖了20世纪70年代"黑即是美"（black is beautiful）这一并不久远的美学，并演变为"黑是新的黑"（black is the new black）（Morrison，2015：33）。事实上，"黑即是美"是黑人美学的感性美，它预示着新黑人的崛起，这一切正如新黑人和哈莱姆文艺复兴对黑人艺术运动的预期。新黑人较强的流动性和混杂性的本质是黑人美学的宣言，预示着这一美学在多种族主义急速发展的时期达到顶峰，在21世纪的前10年开花结果。这一运动的追随者坚持在黑人和白人身份融合的节点亮明身份。布莱德在20世纪90年代这些运动的共同影响中长大，社会环境塑造了她的新黑人身份以及我们如何看待她的身份。同时，环境也促使她成为美国大熔炉的一部分。通过将布莱德以及小说中的其他角色塑造成新黑人，莫里森预见了黑色的流动性本质是如何恰当地、即兴地，并且通过改良以便适应21世纪。

第一节　新黑人的演变

本书将交替使用后黑人①和新黑人这两种表达方式，因为它们是社会力量融合的副产品。这两种表达方式是从后民权，后灵魂和后黑人权力以及黑人艺术运动中汲取灵感，说明这一历史进程是如何影响黑人及其种族身份的演变的。它标志着黑人的意识形态和政治转变跨越了前民权运动和后民权运动几代人的历程。《新黑人》一书将新黑人的发展视为一个从后民权到后灵魂再到后黑人身份的演变过程。奥巴马成功当选总统后，后黑人已经成为后奥巴马的同义词，这意味着后黑人主题和奥巴马一样，"植根于黑人，但不受黑人身份的限制"（Touré，2001：12）。有趣的是，正如德里克·康拉德·默里（Derek Conrad Murray）所观察到的，后黑人或新黑人的崛起与奥巴马的崛起恰好是同步的（Murray，2016：19）。与后黑

---

① 关于后黑人概念的进一步讨论，请参阅德里克·康拉德·默里（Derek Conrad Murray）的《怪异的后黑人艺术》（*Queering Post-Black Art*）一书。参见图雷（Touré）的《谁害怕后黑人》（*Who's Afraid of Post-Blackness*）和《后黑人的麻烦》（*The Trouble with Post-Blackness*）一书，该书由休斯顿·贝克（Houston A. Baker）和 K. 梅琳达·西蒙斯（K. Merinda Simmons）编辑。然而，马戈·娜塔莉·克劳福德（Margo Natalie Crawford）在其重要的著作《黑色的后黑人》（*Black Post-Blackness*）中，对后黑人进行了一些最为精彩的研究。在书中，她将"黑色的后黑人定义为对黑色的坚持和接受，不认真对待黑色就意味着对反抗压迫这一初衷的背叛"（Crawford，2017：第七章）。

引　言

人主题一样，新黑人并不认为他/她在追求物质成功或实现美国梦的过程中受到了种族主义的束缚。新黑人和后黑人一样，坚信自己的成功、相信自己已经超越了种族主义，这就带来了"色盲"的风险——对种族差异和经济差异视而不见，而新黑人可能会将这种差异归咎于黑人种族缺乏上进心、推卸责任或者不愿意面对失败（Winters, 2016：57）。

文化评论家迈克尔·图雷（Michael Touré）和奥兰多·帕特森（Orlando Patterson）告诫人们不要把后黑人主义和后种族主义混为一谈，后者近乎"色盲"。在他们眼中，后黑人主义和后种族主义是不同的。他们还强调成为后黑人或新黑人意味着这一主体在后黑人的精神背景下生活，或者说这一主体是这个时代的产物。这意味着黑的定义正在拓展，并且有很多或无限种感受黑的方式。正如图雷所言，成为后黑人"并不意味着我们要把黑抛在身后，而是意味着我们要把对黑的狭隘定义抛在身后，拥护一切将黑色视为合法的观念"（Touré, 2001：12）。换句话说，后黑人时代提供了无限种身份选择或无限种身份选择的可能性。[①] 作为新黑人，

[①] 请思考莫里森在20世纪80年代中期与贝西·W. 琼斯（Bessie W. Jones）和奥黛丽·文森（Audrey Vinson）就身为黑人所做的访谈。莫里森预见到任何将黑色作为一种选择的人都有成为"后黑人"和"新黑人"的潜力："如今，成为黑人是您必须选择做的事情，无论肤色如何，都选择它"（Morrison, 1994a：186）。

他们现在正以开放的心态去体验关于黑的方方面面。此外，后黑人或新黑人称呼是借鉴艺术家格伦·利昂（Glenn Lion）的说法——他与哈莱姆博物馆馆长塞尔玛·戈尔登（Thelma Gokden）共同创造了"后黑人"一词——"一种更加个性化的黑人概念"（Touré，2001：25）。为了扩展这一个性化的概念，他们将能动性、勇气、"个人魅力""性自由"、对成功的渴望，还有最重要的是个人对自我成就的骄傲囊括在后黑人主体或新黑人的概念之中（Touré，2001：79）。

布莱德是成功、漂亮的，对个人事业有着坚定的信念，就如那句黑人美学口号一样："我是黑人，但我依然美丽"。她从个人成就中获得满足感这一行为恰恰诠释了新黑人美学："我拥有为之努力的目标，并且游刃有余，我为自己感到骄傲，发自内心的骄傲！"（Morrison，2015：53）她坚定地秉持着职业道德，从天赋中获得满足，并从人生中找到了种族自豪感的源泉。像阿兰·洛克（Alain Locke）的新黑人一样，她从一种更积极的"自尊和自强"的意识中汲取力量（Locke，1999：10）。作为一名企业家，她向黑人在就业方面遭受的制度性压迫发起挑战，开创了无比成功的职业生涯。就像洛克笔下的新黑人一样，她希望因自己的成就而闻名于世。正如我们所看到的那样，布莱德利用自己的黑人优势来激发能动性，凸显个性。在她渴望实现种族/社会流动

引 言

性的过程中,她成功地成为一名新黑人。种族流动性问题是新黑人概念成立的核心,它突出了这一概念的推动者为摆脱种族和各种形式社会压迫的束缚而进行的自由斗争,以及他们经过艰苦努力最终取得的胜利。

新黑人的概念承载着新的力量和意义,尤其是针对在过去几年中发生的非洲裔美国人针对像迈克尔·布朗[1](Michael Brown)和特雷沃恩·马丁[2](Trayvon Martin)这样的无辜黑人青年遭受残忍对待、被野蛮杀害的美国种族主义政治事件而发起的大规模抗议活动。[3]这些抗议活动将美国具有

---

[1] 迈克尔·布朗(Michael Brown,1996—2014年8月9日),男,非洲裔美国公民,在弗格森地区被白人警官枪杀身亡。美国民众因此爆发了多场抗议、游行示威活动,警方出动催泪瓦斯等平定抗议,这又是一起美国因枪杀黑人而引发的黑色人种与白色人种的肤色斗争事件。——译者注

[2] 导致特雷沃恩·马丁身亡的枪击案(shooting of Trayvon Martin)发生于2012年2月26日,地点在美国佛罗里达州的桑福德。马丁是一名17岁的非裔男孩。枪击马丁的28岁男子名为乔治·齐默曼(George Zimmerman),是一名封闭式社区看守人。枪击案发生之前,马丁正在去拜访他的父亲以及他父亲的未婚妻的路上。就在马丁进入小区后不久,齐默曼看到马丁并认为他行踪可疑。齐默曼随后联系了桑福德警察局,报告在小区内有一个他自认为行踪可疑的人。不久之后,马丁和齐默曼之间产生了口角,随后马丁被齐默曼在近处用枪击中胸部身亡。2012年4月11日,佛罗里达州检察官安吉拉·科里(Angela Corey)宣布她控告齐默曼犯有二级杀人罪(second-degree murder)。保释听证会于4月20日召开。法官于听证会上做出裁决,允许齐默曼以150000美元为保释金换取保释。随后,乔治·齐默曼于2012年4月23日被保释。2013年7月13日22时(美国东部时间),法院依陪审团决议宣布齐默曼无罪。——译者注

[3] 布朗和马丁只是无数被杀害的无辜黑人青年中的两个,对于他们的哀悼成为新黑人日常生活的一部分。事实上,他们将人们的视线从成功的黑人名人转移到警察暴力的受害者身上,或者是被委托执法机构射杀的目标,这些执法机构因为保护公共场所的安全而不受惩罚,而这些孩子的亲人却永远陷入哀痛中。

— 9 —

种族主义倾向的警务行动推到了风口浪尖,这使得这种后种族时代的理想听起来更像一场乌托邦(Taylor K.,2016b:"引言")。面对社会公正的缺失和执法机关对非洲裔美国人的痛苦和苦难的冷漠,新运动的爆发和蔓延也在意料之中。这场运动广泛地动员群众,坚决要求制止猖獗的警察对非洲裔美国人的暴行和杀害(Taylor K.,2016b:"引言")。运动将"黑人的命也是命"(Black Lives Matter)作为口号并且将这场运动同20世纪60年代的民权运动相提并论。

  针对持续存在的种族主义和警察暴行而爆发这一新运动粉碎了色盲、后种族主义的美国幻想(Taylor K.,2016b:"引言")。全国性的抗议活动,比如密苏里州弗格森(Ferguson)的抗议活动,在很大程度上激发了黑人对于正义的渴望。人们过于乐观地认为美国社会已经进入后种族主义时代。事实上,尽管奥巴马的例子说明了"对于种族态度和现实的转变",但是种族问题仍然是少数民族(尤其是黑人)进入上流社会的绊脚石(Taylor K.,2016b:"引言")。奥巴马当政在一定程度上证实了后种族主义、后奥巴马时代的种族政治倾向(Frankowski,2015:27)。然而,奥巴马的例子并不是美国超越种族主义的唯一例证,正如泰勒所言:"成千上万名黑人官员、企业高管、好莱坞名流和腰缠万贯的职业运动员为美国'后种族主义'的崛起注入了活力"

引　言

(Taylor K.，2016："引言")。

奥普拉·温弗瑞①（Oprah Winfrey）、塞雷娜·威廉姆斯②（Serena Williams）、泰格·伍兹③（Tiger Woods）和巴拉克·奥巴马（Barack Obama）等一大批成功的黑人专业人士，以及后续的许许多多的例子，都预示着后种族时代的到来，印证了后种族主义的神话，即自由平等的人们打破现有种族界限，自我拯救，相互依存，互利合作（Taylor P.，2016b：33）。然而，后黑人时代或后种族主义的困境在于其主题仍然是肤色。事实上，这个主题正变得越来越黑，因为

---

① 奥普拉·温弗瑞（Oprah Winfrey），女，1954年1月29日出生于密西西比州科修斯科，美国演员、制片人，主持人。温弗瑞是当今世界上最具影响力的女性之一，她的成就是多方面的：通过控股哈普娱乐集团的股份，掌握了超过10亿美元的个人财富；主持的电视谈话节目《奥普拉脱口秀》，平均每周吸引3300万名观众，并连续16年排在同类节目的首位。2009年11月20日，据国外媒体报道，在播出了23年之后，脱口秀女王奥普拉·温弗瑞的节目《奥普拉脱口秀》于2011年9月9日结束。至今唯一作品《我坚信》（What I Know For Sure）由黑天鹅图书2015年5月引进。2018年获第75届金球奖终身成就奖。2018年4月，获《时代周刊》2018年全球最具影响力人物荣誉。2019福布斯全球亿万富豪榜排名第916位。2020年3月16日，奥普拉·温弗瑞以180亿美元财富位列"2020胡润全球白手起家女富豪榜"第28位。——译者注

② 塞雷娜·威廉姆斯（Serena Williams），女，1981年9月26日出生于美国密歇根州塞基诺市，美国女子职业网球运动员。——译者注

③ 艾德瑞克·泰格·伍兹（Eldrick Tiger Woods），出生于1975年12月30日，美国著名高尔夫球手，在2009年前高尔夫世界排名首位，被公认为是史上最成功的高尔夫球手之一。2019年4月，美国总统特朗普授予著名高尔夫球手老虎伍兹"总统自由勋章"。2019福布斯100名人榜排名第34位。——译者注

不论是他，还是她，每天都遭受着种族主义的折磨。著名的奥威尔（Orwellian）式的话语时刻提醒着他们，有些人就是比其他人更多地享有平等对待的权利。例如，尽管奥普拉（Oprah）已经声名显赫、身价不菲，但是在去瑞士的一家箱包店购物时，她依旧因为肤色而遭受种族歧视。①店主拒绝为她服务，并轻蔑地告诉奥普拉——这个全世界最富有的女性之一，她根本不可能买得起这里的某款手提包（Battersby，2013）。店主拒绝向她展示那款昂贵的手提包，因为从她的肤色来看，店主认为她根本买不起这款奢侈品。她的名望和金钱并不能帮助她避免遭受种族歧视，而这只不过是全球非裔美国人和黑人生活的日常写照。贝尔·胡克斯（bell hooks）对于奥普拉·温弗瑞的遭遇有着不同寻常的洞见，她说，尽管温弗瑞"作为一名制片人和演员"有着强大的影响力，但在树立新黑人形象方面，不论是为自己还是为其他黑人，她都未曾做出贡献（hooks，2001：51）。莫里森认为，作为黑人，温弗瑞在那一刻意识到她和成千上万的黑人在购物时所遭受的羞辱并无区别。那些购物的黑人

---

① 2013年8月5日，奥普拉·温弗瑞在纽约就接受黑人顾客在餐厅用餐一事接受拉里·金（Larry King）的采访，采访题为《我们正经历一个种族主义时刻：奥普拉谈论纽约的新事件》（"We Are Having A Racist Moment：Oprah Discusses New Incident in NY"），奥普拉在采访中谈到了类似的种族主义时刻。

引　言

同胞仅仅因为被怀疑偷了东西，就要遭受安保人员围追堵截。

布莱德也经历了这样的黑暗时刻。在她动身寻找前男友的途中，一段小插曲重现了她在学生时代遭受的歧视。她来到一家餐厅吃饭，尽管布莱德外表出众，但是餐厅的服务员对待她的态度就像她"长了三只眼睛一样"。用餐前，布莱德想要去一趟洗手间，"她在柜台上放了五美元钞票，以防服务员认为她因为不想付餐费而逃跑"（Morrison，2015：81）。由此可见，作为黑人，不论是否是新黑人，都可能成为被怀疑对象。这些事实和逸事揭露了后种族主义和后民权乐观主义的谬误——认为黑人可以享受民主、平等、自由，并且可以像其他人一样实现美国梦（hooks，2001：62）。正如尤达·贝内特（Juda Bennett）所敏锐观察到的，"莫里森的作品正是反对这样一种错觉，即我们已经进入了后种族时代，非裔美国人已经从阻碍他们实现自我的社会力量中解放出来"（Bennett，2014：152－153）。奥巴马有意识地将自己定位为新黑人，与其他黑人名人一样，他也是种族主义的受害者。在奥巴马第一次总统竞选期间，他的竞争对手米特·罗姆尼（Mitt Romney）将奥巴马的成功归功于他对少数族裔和非法移民的慷慨馈赠。奥巴马还被当时的意大利总理贝卢斯科尼（Berlusconi）取笑说他被晒黑了，这显然是指他的肤色。2016 年,共和党总统候选人本·卡森(Ben Carson)像其他政治对手一样,对奥巴马的黑人身份提出质疑。卡森声称奥巴马是"被白人抚养长大的",这意味着奥巴马的黑人身份不足以构成对非裔美国人经历的认同,因为奥巴马出身于一个母亲是白人、父亲是肯尼亚移民的家庭。相比之下,卡森认为自己能够对非裔美国人的经历感同身受,因为他成长于非裔美国人家庭。根据卡森的说法,奥巴马在印度尼西亚度过了他大部分的成长时光,所以他与黑人经历的现实脱节,不能像卡森那样真正代表美国非裔人群。此外,唐纳德·特朗普(Donald Trump)甚至质疑奥巴马的公民身份,发起了所谓的出生运动,以至于奥巴马不得不正式对外公布他的出生证明。此外,特朗普还曾在 2011 年的白宫记者晚宴上,借助迪士尼公司著名的动画电影《狮子王》中的辛巴诞辰庆典的视频片段对奥巴马的公民身份再次进行嘲讽。

根据埃里克·迈克尔·戴森(Eric Michael Dyson)的说法,"没有任何一位总统受到过这么长时间的质疑,甚至迫使奥巴马为了证明自己的国籍,不得不出示了出生证明"(Dyson, 2016:5)。戴森进一步指出,针对奥巴马有两个相互关联但截然不同的种族质疑:他是否是黑人?他的黑人身份是否充分?(Dyson, 2016:36)。根据戴森的观点,第一个争议的焦点是"即使奥巴马有黑人的基因,这些基因是否已经被掩盖在社会和文化的影响之中"(Dyson,2016:36)。第二个论点是"政治判断",质疑奥巴马是否能对黑人的困境感同身受。这种带有政治和种族动机的攻击,让人们不再天真并且乐观地认为奥巴马的成功竞选标志着他实际上已经跨越了种族主义的鸿沟。实际上,这更加突出地表明,后种族主义的到来伴随着"我们种族习俗的转变",这使得我们难以再否认我们在反种族主义上取得了胜利。与莫里森一样,奥巴马并不认同后种族主义的意识形态,也不认同"我们可以通过一场选举,或者通过一个候选人资格来超越种族分歧"(Taylor P.,2016b:35)。然而,尽管怀有种种不认同,但在某些方面,奥巴马仍然凭借他的机智雄辩,审时度势地设法塑造自己后种族主义的形象。对他而言,"如果黑人选民想将他当成黑人候选人,这没什么不好。如果选民希望看到他以混血儿,或者后种族主义者的形象出现,这也没有什么问题"(Taylor P.,2016b:35)。奥巴马体现了黑人的这种流动性和多面性。奥巴马当选第一位黑人美国总统后,后种族主义风靡一时,但实际上正是他树立的榜样和他的地位使他成为新黑人的先驱,就实现无限潜力的能力而言,这使得黑人能够从他身上汲取灵感，获取力量。作为女性赋权的象征，布莱德正体现了奥巴马的"没问题，我可以"的新黑人精神，就像其他许多新黑人取得成功的例证一样，黑人和其他少数族裔可以仰望奥巴马，并对自己说："如果他能取得这么多成就，为什么我不能？"然而，正如莫里森在她的小说和非小说中所展示的那样，新黑人的成功或对后种族主义和黑人意识的过度推崇实际上是一种误导。肤色仍然是通向成功的障碍。对白色的假想仍然参与主导非白人或有色人种的商品化和客体化的方向。在《天佑孩童》中，白人设计师杰里将布莱德塑造成新黑人，其背后是其他黑人名流所做出的贡献以及商品化的历史。布莱德是一部分黑人名流的化身。从约瑟芬·贝克[①]（Josephine Baker）到黛安娜·罗斯[②]（Dian-

---

[①] 约瑟芬·贝克（Josephine Baker, 1906—1975），出生于美国的圣路易斯，于1937年成为法国公民。贝克以身为歌手闻名，但她在演艺生涯早期也是位驰名的舞者。她被昵称为"黑人维纳斯"或"黑珍珠"，在英语国家并有美名"克里奥尔女神"。——译者注

[②] 戴安娜·罗斯（Diana Ross, 1944— ）是一位美国歌手及女演员。她是20世纪60年代摩城唱片（Motown Records）组合的主唱。1970年退出乐队之后，她开始转型成为一名独唱女歌手，共赢取8个全美音乐奖，囊括12个格莱美奖提名。2012年获得格莱美终身成就奖。1993年，因为罗斯在美国及英国的贡献及在排行榜上有最多的点击率，以及破纪录的18次获得最佳女歌手，吉尼斯世界纪录大全公布罗斯成为历史上最成功的女歌手。在全球，罗斯拥有共卖出超过1亿张唱片的纪录。——译者注

na Ross）再到格蕾丝·琼斯①（Grace Jones），这一代的黑人女明星和布莱德一样，仅享有有限的教育资源和物质资源，却都为名利而不懈奋斗。《新黑人》从后黑人话语的角度研究了布莱德作为新黑人的崛起，以证明她与那些名流前辈的相似之处。如同格蕾丝·琼斯和其他前辈一样，布莱德如何与"恋色癖"（color fetish）或"颜色主义"（color-ism）抗衡。在莫里森看来，这些都让人联想到奴隶制本身（Morrison, 2016：第三章）。

第二节 后黑人就是新黑人

为了将旧黑人"升华"为新黑人，人们付出了巨大的努力，然而在这个所谓的后黑人（post-black）、后奥巴马（post-Obama）或后种族主义黑人（post-racial blackness）的时代，新黑人经常被误认为是一种极具挑衅性的表达方式，就像黑人艺术运动的支持者努力要将"黑鬼"一词升华为"黑人"，以争取种族自豪感和自我赋权一样，民权运动者努

---

① 葛蕾丝·琼斯（Grace Jones，1948— ）生于牙买加，是一个著名的模特和歌手。她的模特生涯开始于纽约，但由于外形过于强悍不太符合美国人的审美，转向巴黎发展，十分成功。她的电影作品不多，比较有名的除了《007之雷霆杀机》，还有与施瓦辛格合演的《毁灭者柯南》（1984）。——译者注

力想把"'黑人的'从一个可恨的形容词升华成一个令人骄傲的名词"（Touré，2001：xv）。同样，新黑人是一个前卫的、享有声望的名词，旨在将过去声名狼藉的黑人转变为骄傲和力量之源。保罗·C.泰勒（Paul C. Taylor）将黑人美学与后黑人美学视为统一体，因为这两种美学思想相互融合、相互共存并相互影响。从某种意义上说，它们互为先驱。在泰勒看来，"后灵魂文化、后民权政治、后黑人身份和美学"之间存在着相当多的重叠（Taylor P.，2007：8）。在泰尔玛·戈登（Thelma Golden）的启发下，泰勒试图将这个词追溯到民权运动之后的"后灵魂"运动家。泰尔玛用这个词指代民权运动之后的黑人艺术家和他们的作品，对他们来说，"黑色的传统意义太狭隘了"。新的意义随着对黑人种族和黑人身份的精确理解应运而生，新形式的黑人身份具有多重性、流动性和深刻的偶然性（Mccaskill，2015：178）。

玛戈·纳塔利·克劳福德（Margo Natalie Crawford）对"黑人的后黑人化"的概念也有类似的看法（Crawford，2015：21）。对她而言，这是"一种理解黑人艺术运动（Black Arts Movement）与21世纪非裔美国人美学之间连续性的方式"（Crawford，2015：21）。对于这两位作家来说，围绕着黑的色调分离概念，虽然名称不同，但都代表着对同一复杂生活体验的多重视角。因为这些术语的用法充满了各种矛盾和不

引　言

确定性，所以我将交替使用这些术语。此外，还有必要探讨下后黑人概念是如何演变成新黑人的。例如，奥兰多·帕特森（Orlando Patterson）在他针对图雷的《谁害怕后黑人》（*Who is Afraid of Post-blackness*）一书所作的题为"后黑人状态"的精辟评论中指出，"后黑人"一词出现于20世纪80年代，但到了90年代就已经演变成"新黑人"（Patterson，2011：4）。引用图雷（Touré）的话，帕特森将其定义为黑色的复杂多变状态的另一种说法："一个变化多端的词语"（Patterson，2011：9）。更为有趣的是，帕特森的观点与艺术界后黑人的支持者——塞尔玛·戈尔登（Thelma Golden）和她的朋友格伦·利贡（Glenn Ligon）的观点一致。论及后黑人艺术家以及他们的工作和贡献的重要性，戈尔登表示：

> 他们的作品表达了一种个人自由。对自由的渴望是这个过渡时期的必然产物。在这个时期，人们试图定义非裔美国人在艺术发展中正在发生的变化，并最终对当代文化中的黑人进行重新定义。20世纪90年代末，格伦和我开始越来越多地看到艺术和思想方面的证据，而这些证据只能被贴上"后黑人"的标签。一开始，这种观点只有少数几个较为明显的例证，但到了90年代末，后黑人似乎已经完全融入了艺术界的意识。后黑人即新

黑人。(Touré, 2001: 32)

戈尔登使用"后黑人"一词作为后黑人艺术家及其作品的代指（Murray, 2016: 4）。然而，后黑人的范围被后民权时代的人们所拓展，他们在"重新定义21世纪黑人特征的努力"中寻找新的自我定义的表达方式，并改革了前公民时代的文化、知识，政治局限性和美学（Murray, 2016: 9）。对图雷来说，"后黑人"这个词很具有启发性。在他看来，"这显然不意味着黑色的终结；相反，它意味着一个狭隘的、单一的黑色概念的终结。这也不意味着我们已经超越了黑色，而是已经超越了对黑色含义的狭隘理解"（Touré, 2001: xvii）。

后灵魂、后黑人和新黑人等不同的词汇为我们打开了一扇窗，让我们得以了解黑人从民权运动到新千年在艺术、社会、文化、政治成就以及生活等多方面的演变。后黑人这个概念成为一个更时尚的名称，尤其是指那些比他们的前辈更主流的新浪潮黑人艺术家。"后黑人"一词围绕着黑色的概念展开，这一概念曾经统御了前几代人，但被后代人所采纳并塑造成新的形态。由于这些艺术家对种族的体验各不相同，因此他们的作品旨在重新定义21世纪黑人的复杂概念或多元化特征（Murray, 2016: 9）。对这些艺术家来说，传

引　言

统的关于黑色的观念已经发生了根本性的变化，对黑色的理解也愈加多变，并给出了作为黑人的多种可能性和体验。[①]保罗·C. 泰勒认为，"成为后黑人意味着去体验黑人身份的偶然性和流动性，去全力以赴解决一个问题，即如何使自己在更广泛的社会中同时适应流动的意义和流动这一行为本身"（Taylor P.，2007：10）。20 世纪 90 年代末期后黑人艺术家对后黑人的定义与当代法瑞尔·威廉姆斯（Pharrell Williams）和托妮·莫里森的看法有何不同？《新黑人》一书认为，对于后黑人这一概念，莫里森并不陌生，她的小说中充

[①] 正如塞尔玛·戈尔登（Thelma Golden）最初宣称的那样，后黑人不仅仅是后黑人艺术家和他们作品的代名词。对我来说，后黑人已经演变成了新黑人。后黑人概念已经发展得更加全球化，不仅可以用来描述非裔美国人的社会、政治和文化经历，也可以用来描述所有对非裔美国人及其为争取公民权利、正义与自由而进行的社会和政治斗争表示同情的被压迫者。参见莫莱费·卡特·奥森特（Molefi Kete Asante）对于黑色作为普遍意识的比喻进行的深入探讨，这种意识与非裔美国人争取自由的社会和政治斗争是一致的（"Blackness as an Ethical"）。因此，新黑人的概念已经成为一种超然的概念，用来描述世界各地被剥夺公民权和受到压迫的少数民族的困境。莫里森在小说中对赫胥黎的描述："她像个难民一样狼吞虎咽，就像漂浮在海上好几个星期没有食物和水的人"（Morrison，2015：18），恰到好处地描绘了世界难民被迫进行危险的海上之旅的困境。这个画面让人想起 3 岁的叙利亚难民男孩艾伦·库尔迪（Alan Kurdi），他的尸体被冲到土耳其海滩上。正如詹宁·琼斯（Janine Jones）所言，其他肤色的人也有可能体验到某种特定的黑色境遇。琼斯举了一个巴勒斯坦诗人苏希米尔·哈马德（Suheir Hammad）的例子，她将自己的一部作品命名为《生于巴勒斯坦，出身如黑人》（*Born Palestinian, Born Black*）。作为一个诗人，她能够对黑人的政治、社会、文化、美学和经济状况产生共情。在这些状况下，作为黑人就意味着处于社会的最底层（Jones，2005：231）。

满后黑人的代表,这些代表性角色不一定具有名人的地位或光环,或者不具备像布莱德那样的"个人魅力",但是他们已经取得了物质上的成功并跻身于上流社会。例如,《所罗门之歌》(The Song of Solomon)中奶娃的父亲梅肯(Macon)就拥有大量财富,甚至可以用金钱左右法律的公正。他带有新黑人那种看不起自己家人和本族人民的优越感和势利感。和新黑人一样,他为自己在物质方面的成就倍感自豪,并向他的人民传达了这样的信息:"你们的痛苦与我无关。请与我分享你的快乐,而非你的不幸(Morrison, 1998:277)。"在《爱》(Love)一书中,比尔·柯西(Bill Cosey)的度假村是种族自豪感的源泉,也是黑人社区取得成就的象征(Fultz, 2014:96)。作为度假村的主人,尽管柯西并不欢迎和他同种族的黑人享受酒店中最受欢迎的服务设施,但是他的同胞仍旧觉得他的成功让他们有了那么一点"瞬间的权利"。正如贝尔·胡克斯(bell hooks)所观察到的,黑人物质财富的增长使他们变得更加以自我为中心,他们不再关心其他人,更不会在乎他们的物质需求。最重要的是,他们对彼此的爱、尊重和责任都不复存在,而这些都曾是"爱的主要姿态"(hooks, 2001:26-27)。

莫里森的小说批评了作为新黑人代表的富裕的黑人,他们只对金钱和成功感兴趣,但对爱的伦理毫不在乎。事实

引　言

上，他们的人际关系更具有资本主义特性、剥削性和功利性。因此，莫里森在《天佑孩童》中呈现了更加复杂和更具多面性的新黑人，但是她对新黑人的概念并不局限于社会地位上升的偶像性质的黑人。她描写了关于身份认证的酷儿性和黑人身体的可塑性。莫里森的描述引发了关于黑人化身、黑人美学，后黑人和新黑人的一系列辩论。例如，小说中两个核心角色布莱德（Bride）和布鲁克林（Brooklyn）故意将黑色和白色的特征用于衣服的选择和发型的设计，作为一种接受黑或白的方式，以实现向上的社会流动性。她们的跨界认同可以理解为一种文化借鉴的渐进行为。柯贝娜·默瑟（Kobena Mercer）在她的论文"黑色头发/风格政治"（Black Hair/Style Politics）中将头发解读为美国"文化创造主义"（creolizing cultures）的象征：当代一些白人青年的发型与他们的黑人同伴的发型风格存在某种模糊的联系（Mercer，1994：125）。除了文化借鉴和模糊的联系外，布莱德和布鲁克林之间的跨种族认同也可以从权力关系的动态和新黑人的美学中解读。特雷·埃利斯（Trey Ellis）正确地预见了新黑人的出现/到来，他们从克里奥尔文化或黑白混血儿的有利角度赞美新黑人美学以及新黑人特性，认为新黑人占据了身份的各个方面而不用去考虑他们是真正意义上的黑人还是白人（Ellis，2001：235）。布莱德和布鲁克林都通过借鉴对方的文化形象来假扮对方，她俩都把21世纪黑人或白人的经历相互联系起来，互相模仿并努力拥抱美国身份的某些方面，而这些方面又并不真正属于她们。像21世纪的新黑人一样，她们"赞美黑人和白人文化相互之间的影响力和亲和力"（Thompson L.，2009：127）。当克里奥尔化、多种族主义、跨文化借用、跨界和跨种族身份成为新黑人美学恰当的术语时，可以看到黑白两种文化正在同时相互借鉴（Dreisinger，2008：124）。如果两者都对某种文化提出要求，无论是白人还是黑人，从他们的外表和社会地位来看，他们都在争取社会地位的提升，他们成了当代"跨种族性"（transraciality）或跨文化借鉴的体现。迈克尔·奥克沃德（Michael Awkward）将跨种族性定义为"为了模仿其他种族而接受不同的生理特征（Dreisinger，2008：41）"。这两个角色都可以看作是新黑人的例证，她们向男人们散发着跨种族的、交叉性的吸引力。这些男人贪恋皮肤白皙，却梳着金色黑人女式发辫的白种女性，而黑人女性为了获得成功，则梳着白人女式卷发，不同肤色的女人之间的竞争一触即发。杰里口中令人费解的"黑人是新黑人"，以及女人会为了争宠而不惜穿着暴露的观点在这种竞争的背景下也就变得容易理解了。

小说中，当布莱德遭遇殴打被布鲁克林送进医院后，负责照看她的护士看到这二人的组合时非常吃惊："一个是满

引 言

头金色发辫的白人，另一个是有着一头丝滑卷发、肤色极深的黑人"（Morrison，2015：23）。① 对护士来说，眼前这二人的装扮打破了她脑海中对于两个种族的固有观念。与读者一样，护士原本熟悉的种族身份也彻底变得陌生（Dreisinger，2008：8）。莫里森把布鲁克林和布莱德都描述为新黑人，她们都体现了新黑人的一些美学，这与她们对各自生活方式的选择不无关系。为了超越固有的种族和肤色，她们互相模仿并将对方浪漫化。她们的行为之所以行之有效，在于她们有能力通过建立跨种族理解的渠道来消除种族偏见和成见。莫里森把护士塑造成肤色意识的受害者，越过肌肤，她无法看透小说到底在浓墨重彩地强调什么。布莱德不知道为什么布鲁克林在遇见她之前就"把她的头发编成小脏辫"。这是为了"增加一种她本身没有的诱惑力吗？"至少和她约会的黑人小伙子是这么认为的"（Morrison，2015：44）。布鲁克林对跨种族爱情的渴望，以及她的文化借鉴行为，都反

---

① 请阅读有关詹妮尔·霍布森（Janelle Hobson）对麦当娜试图"追求金发女郎"身材的描述。根据霍布森的说法，麦当娜试图模仿最著名的金发女郎，比如玛丽莲·梦露和 Lady Gaga。她补充说，"由于麦当娜肤色白皙，所以她的金发不那么容易被辨认出是染发的结果。如果黑色肌肤搭配金色头发以及其他白人女性标志，则会显得十分扎眼"（Hobson，2012）。因此，"种族挪用"（racial appropriations）的行为突出了这种冒充行为或者说这种主体试图越界成为他人的企图。

映了她对黑的渴望,而这一切都靠与黑人男性建立亲密关系获取。如果说布鲁克林试图借用脏辫发型来吸引黑人,那么布莱德梳着金发女郎所特有的丝滑卷发,不也是在尝试采用白人男性占主导地位的社会的审美模式吗?她的男友布克对这种"精致"的美"目瞪口呆",但她"坚持只穿白色衣服"还是让他觉得好笑(Morrison,2015:133)。

接受跨种族和跨文化特征的奇异力量是新黑人美学的标志。这两个角色可以被解读为黑人种族旧习的叛逆者。她们的行为打破了种族间行为的禁忌,她们敢于越过雷池与一个对立的种族化群体成员发生关系从而打破种族化女性的神话。例如,金发女郎因为偏爱黑人男性而被种族化地称为"黑鬼爱好者",而黑人女性钟爱白人男性则被认为是行为堕落。事实上,她们会像秀拉①(Sula)一样因为与白人男性亲密接触而受到惩罚。人们认为这些跨种族发生关系的女性是病态的,并且违背异性恋正统观念。莫里森所塑造的新黑人通过与布鲁克林一样的跨种族认同行为并通过与对立种族的身体接触行为来质疑这种异质化的行为准则。事实上,这些女性主体地位的建立是通过与黑人男性或者白人男性发生关系而获取一些"黑"或者一些"白"。

---

① 莫里森小说《秀拉》(*Sula*)中的女主人公。——译者注

引 言

德里克·康拉德·默里认为，后黑人"天生就是异性恋"（Murray，2016：18）。虽然《天佑孩童》一书中肯定了布莱德和布克之间的异性恋关系，但是这个故事对于后黑人标准异性恋的概念提出质疑。莫里森对后黑人或新黑人概念的定义十分奇妙，它涵盖广泛但又不落俗套地包含了黑人经历的方方面面。此外，这一概念扩展了塞尔玛·戈尔登（Thelma Golden）对后黑人的构想，它不仅仅是一个代表黑人历程的总括性术语，而是变成了"对特定表现形式的更具针对性的参考：具体来说，描绘了集体抵抗之路中黑人女性形象的演变史"（Murray，2016：4-5）。对于默里而言，这就是"黑豹党（Black Panthers）的形象，他们身穿皮夹克、头戴贝雷帽，激进地反对种族压迫"（Murray，2016：5）。对于乔伊·詹姆斯（Joy Kames）来说，"黑豹党女领袖被浪漫化地当作偶像，以一种与时尚、肤色和青春相联系的外表而为人们所知"（Neal，2002：35）。戈尔登（Golden）对黑人权力时代的标志性服装进行了解读，比如黑色皮夹克，非洲式发型，"无法控制的攻击性和疯狂的性行为"（Murray，2016：5）。莫里森笔下的后黑人也成为新黑人，并且从属于一种参照体系，这一体系指明了形象的历史，特别是从女性的角度出发，女性沦为性的象征以及时尚/服装的奴隶，或者成为凯瑟琳·斯托克顿（Kathryn Stockton）所描述的"服装烈士"（martyrs to clothes）。成为"服装烈士"意味着什么？根据斯托克顿的观点，当衣服不再只是简单的具有装饰、美化、保护身体或赋予力量的作用时，人们对衣服有一种羞耻感或贬低感，这使得"穿漂亮衣服的人成为衣服的牺牲品"（Stockton，2006：42）。当一个人屈服于文化上的必要性而穿上某种类型的衣服时，他就会成为服装的烈士，这可能成为遭受痛苦、屈辱或造成精神创伤的原因（Stockton，2006：42）。杰里对纯白色服装的严格要求，让读者联想起了一段黑人种族偶像被各种设计师、艺术家和制片人带到"世界舞台"为个人成就而奋斗的历史。《新黑人》一书基于布莱德和她的设计师杰里之间的关系，研究著名的黑人偶像及其设计师/塑造者之间的关系。

第三节　新黑人与社会流动

在《天佑孩童》一书中，莫里森评价并重新定义了新黑人历程和美学的必要性，尤其是从具有标志性的黑人专业人士的角度重新定义，如法瑞尔·威廉姆斯[①]（Pharrell Wil-

---

[①] 法瑞尔·威廉姆斯（Pharrell Williams，1973—　）出生于美国弗吉尼亚州，美国歌手、词曲作者、音乐制作人、制片人、服装设计师，音乐制作组合海王星成员，嘻哈、摇滚乐队 N.E.R.D 主唱，纽约大学艺术荣誉博士。——译者注

liams），他的成功与他们的经济地位息息相关。2014年，法瑞尔在接受奥普拉·温弗瑞（Oprah Winfrey）的采访时发表了极具争议性的言论，为新黑人的概念注入了新的活力。他说："新黑人是不会因为我们自己的问题而指责其他种族的。新黑人幻想并且意识到这些问题的关键不在于肌肤的颜色，而是思维方式"（Elan，2014）。法瑞尔的观点与霍伊特·W.富勒（Hoyt W. Fuller）对黑人艺术家的革命精神的描述产生了共鸣。富勒将黑人艺术家定义为新一代的激进主义分子，他们"已经确信白人种族主义将不再对他们的作品产生负面影响"（Fuller，1994：200）。法瑞尔描述的新黑人精神也与西尔玛·戈尔登（Thelma Golden）的艺术家们有着相似之处，"他们坚持不要贴上'黑人'的标签，尽管他们的作品充满了对重新定义黑人概念的浓厚兴趣"（Murray，2016：4）。法瑞尔对黑人经历的观点是高度特权化和主观化的，他似乎在倡导美国的精英主义信条，或者努力工作就会得到回报这一观念。基于个人信念的特殊性，他的观点并没有给出一个十分全面的解释。此外，他的观点淡化并且忽视了系统性或制度化的种族主义在压迫黑人等少数群体并在使他们处于弱势地位方面所发挥的作用，认为任何人都可能取得经济上的成功。如果一个人在物质上或经济上处于劣势，那是因为他/她没有足够努力地去发挥自己的潜力。黑人不能享有充分的选举权，并不是因为系统性的压迫、就业的困难、教育和其他方面的不足，而是因为他们自己没有能力取得社会经济上的成功。支持这种对于精英统治的无条件信仰，有助于一些白人，就像法瑞尔一样，冠冕堂皇地将少数族裔的失败归于他们自身，从而推卸责任。根据乔治·扬西（George Yancy）的说法，"在精英统治的幻觉下，有色人种的失败完全是因为他们自己"（Yancy, 2004: 56）。那些人之所以处于种族等级制度的最底层完全是由个人行为所导致的。个人的失败不能归咎于结构性的种族主义。这些观点属于当代的种族主义意识形态，即通过谴责受害者来为种族不平等辩护。如果黑人的表现不佳，那是因为他工作不努力或不主动提升自己的能力（Bonilla-Silva, 2014: 73）。

奥巴马是新黑人中最突出的一个例子。[①] 在讨论非洲的

[①] 肯尼斯·W. 麦克（Kenneth W. Mack）和盖伊·乌利尔·E. 查尔斯（Guy-Uriel E. Charles）认为，给"新黑人"下定义这件事在当下变得尤为紧迫，尤其是考虑到奥巴马成功当选为美国首位黑人总统（Mack & Charles, 2013: 4）。请参见斯蒂芬妮·李（Stephanie Li）对于奥巴马的统治如何改变美国的种族关系的讨论，李在书中暗示这个国家至少已经进入后种族时代（Li, 2012: "引言"）。虽然奥巴马从来没有被认为是后种族主义者或新黑人，他本人也没有直接谈及种族，但他确实从种族中受益（Li, 2012: "引言"）。顺便说一句：据报道，莫里森在写作《天佑孩童》期间正在写一部关于一位黑人总统生活的小说。

整体困境和落后时,他提出了类似的逻辑,而不是承认或批评美国在外交政策或国家治理方面所发挥的作用。他说:"我一直坚定地认为非洲人应该为自己负责"(Dyson,2016:145)。① 作为新黑人精神的体现,法瑞尔称"向上流动,是所有美国人的目标。因为我已经实现了——所以你也可以"(Stereo,2015)。当黑人遭遇不平等对待、面临着失业和丧失话语权的种种困难已经达到顶峰时,法瑞尔主张黑人要努力向上。除此之外,他认为黑人要对自己的困境负责,黑人所遭遇的种种困境是泰勒所定义的"个人失职"(lapsed personal responsibility)的直接后果。这些评论赞同后种族主义的观点,即白人和黑人之间的种族差异与结构性种族主义关系不大。法瑞尔没有注意到,将黑人禁锢在国内部门、让他们从事低收入工作和剥夺他们受教育的机会,这样也就限制了他们向上流动的可能性。事实上,正如威廉·大卫·哈特(William David Hart)所言,"限制黑人的流动性(从根本上说,就是生存的自由、流动的自由)是美国一以贯之的主线"(Hart,2013:15)。除非黑人可以像法瑞尔一样支持现有体制、认可现状,否则对于种族主义的激进态度会让他们

---

① 把这段话与彼得·唐斯(Peter Downes)以及《恩惠》中雅各布·瓦克(Jacob Vaark)支持奴隶制的观点进行比较,读起来非常有趣。这种观点被披上了"虚伪歉意"的外衣(Akhtar,2014:7)。

遭受责难、控制、惩罚甚至被污名化。法瑞尔的观点并没有考虑人人机会均等的基本民主原则。与其指责人们缺乏动力，不如深刻反思制度化的种族主义或其他建立在等级制度上的权力结构是否存在问题，这些权力结构是否能为所有人提供平等的资源、平等的教育和就业机会。法瑞尔能够凭借毅力或天赋获得名望和物质方面的成功，但对于大多数被剥夺基本权利和特权的非裔美国人来说，取得和法瑞尔一样的成就并非易事。这些人每天都在为获得良好的教育、医疗和就业机会等此类取得成功必须具备的基本权利而努力奋斗的同时又不得不面对结构性种族主义的压迫。与布莱德情况一样，对黑人向上流动的限制会对经济、政治和社会产生诸多影响。泰勒认为，关于黑人社会流动性失败的辩论试图证明"黑人的经历独立于社会流动性畅通无阻、追求人人幸福平等的美国社会模式之外。这是在为美国体制开脱的同时，把非裔美国人置于困境之中"（Taylor K.，2016："引言"）。泰勒补充道："任何对美国黑人生活历史的认真审视都将颠覆美国例外主义的所有论调"（Taylor K.，2016："引言"）。法瑞尔的观点并没有考虑到非裔美国人遭受社会压迫的整体情况和历史现实。

法瑞尔的言论似乎部分受到《谁害怕后黑人》一书作者图雷（Touré）的观点的启发。图雷认为，黑色对于黑人是

引　言

一种限制，人们需要超越它从而发掘自己的潜力。图雷采访过很多成功的黑人企业家、媒体大亨、作家和其他标志性的黑人名人，并引用他们的例子用来强调黑人的潜力是无限的、黑人所能取得的成就也是无限的，所有的这些都不受黑色皮肤的束缚。据史蒂芬妮·李（Stephani Li）所言，图雷的（后）黑人概念，就像法瑞尔的一样，只能作为"黑人定义的个人主义代表"（Stephanie，2015：44）。换句话说，这一概念不是集体性的。它并没有集体性地体现或者肯定黑人的实际情况及其潜能，它应该支持所有黑人为争取向上流动和公民基本权利进行的集体斗争，而不是仅仅以那些能够爬到顶端的少数黑人作为参照。同样具有讽刺意味的是，在这个所谓的后黑人、后奥巴马时代，大量像法瑞尔这样的黑人名人忽略了身为黑人所遭受的危险。在这个时代，美国发生了一些针对黑人少数族裔令人发指的犯罪，包括对手无寸铁的黑人男子的残忍谋杀，比如少年特雷沃恩·马丁（Trayvon Martin）——这起谋杀案令人回想起爱默特·提尔[①]（Emmett

---

[①] 爱默特·提尔（Emmett Louis Till，1941—1955）是一名非裔美国人。他在访问密西西比的亲属时与一名21岁的白人女子卡罗琳聊过天。几天后，卡罗琳的丈夫和其同母异父的兄弟一起绑架了提尔、残忍地将其杀害后抛尸河中，因为他们认为提尔调戏了卡罗琳。此案引起了媒体广泛关注，但是两名凶手均被无罪释放，之后在双重风险（被释者不得再受审）的保护下他们承认自己确实杀害了提尔。该事件发生在1955年，轰动了美国社会，鲍勃·狄伦（Bob Dylan）曾为此写了一首歌"The Death of Emmett Till"。——译者注

— 33 —

Till）所遭受的私刑。特雷沃恩·马丁之死，以及在后黑人、后种族运动背景下频发的警察杀害黑人青年事件，粉碎了"充满痛苦的后黑人的幻想"（Yancy & Jones，2013："引言"）。

弗雷迪·格雷①（Freddie Gray）在巴尔的摩被警方拘留期间死亡引发了一系列抗议和暴力事件。当时，莫里森在接受查理·罗斯（Charlie Rose）采访时，揭露了后黑人/后种族主义的谬论。采访于2015年4月30日播出，就在《天佑孩童》一书出版后不久（这本书于2015年4月21日首次出版）。在这次采访中，莫里森谴责警察无情地杀害手无寸铁的黑人青年的行为是懦弱的表现。在莫里森看来，那些年轻的、手无寸铁的黑人青年只是想要从警察手中逃命，但最终仍然被枪杀。这些黑人青年就是新黑人，亦是国家暴力的受害者。"年轻的黑人男性的犯罪形象"作为一种意识形态，仍不断出现在美国人的想象中，并不断引发悲剧事件（Yan-

---

① 2015年4月12日，25岁的非裔青年格雷（Freddie Gray）在巴尔的摩地区受到警方盘查，他在试图逃跑时被警方控制。警方从他身上搜出了一把弹簧刀，并据此将其逮捕。警方称，逮捕过程并未使用武力，但格雷被捕后不久即被紧急送医，后于19日在当地一家医院死亡，死因是脊椎严重受伤。根据目击者拍摄的视频显示，警察在人行道制伏格雷，用膝盖顶住他的背部和头部，把他的双手反铐在背后，然后将其脸朝下拖进警车。格雷在被拘捕过程中一直大声叫喊，表情痛苦。由于黑人青年"非正常死亡"而引发的街头骚乱在美国马里兰州巴尔的摩市愈演愈烈。马里兰州州长宣布该州进入紧急状态，并出动国民卫队和上千名警力维持秩序。——译者注

cy，2008：xxi）。和安吉拉·戴维斯一样，莫里森也尝试向这种模式发起挑战。她质疑那些拨打911的人是否可信，是否有串通关系，是否要为此负责。这明显影射了像齐默尔曼（Zimmerman）这样的人的不负责任的犯罪行为，他们认同一种观念：黑人是危险的。齐默尔曼不遗余力地将黑人构建为犯罪嫌疑的对象，因此当他发现特雷沃恩（Trayvon）在他附近走动时就拨打了报警电话。当齐默尔曼在电话中向警方调度员汇报时，他沿用了所有与黑人有关的所谓的犯罪和可疑行为的刻板印象。他最初的描述是："这家伙看起来不怀好意，他好像吸毒什么的。现在下着雨，这家伙到处走动，四处张望。"齐默尔曼对调度员的描述激起了人们对与黑人有关的可疑行为和犯罪行为的回忆："他看起来是个黑鬼"，穿着"黑色连帽衫"①（Yancy & Jones，2013："引言"）。齐默尔曼对特雷沃恩的描述"四处走动"、不怀好意地到处"张望"，而且身为黑人，还穿着连帽衫使特雷沃恩看起来更像

---

① 特雷沃恩·马丁在案发时身穿着一件连帽运动衫。有相当一部分美国人将身着连帽运动衫与叛逆和罪恶联系起来。例如，著名的福克斯电视台主持人杰拉尔多·里维拉（Geraldo Rivera）就表示，乔治·齐默尔曼很有可能是因为看见特雷沃恩·马丁身着连帽运动衫才认为他的行踪可疑。为了表示对特雷沃恩·马丁枪击案的抗议，在美国许多不同城市，如纽约和洛杉矶，人们都自发身着连帽运动衫参加游行集会。许多明星，如NBA球员安东尼和韦德，也身着连帽运动衫对此次枪击表示抗议。——译者注

个危险人物。在对特雷沃恩进行种族定性之后,齐默尔曼使用了带有种族色彩的表达,不仅针对特雷沃恩,而且针对所有黑人。齐默尔曼对特雷沃恩的跟踪,以及特雷沃恩最终丧命,都是值得单独调查的。尔后,齐默尔曼能够逃脱种族谋杀指控的这一事实,是对这个社会的另一项控诉,它粉碎了对后黑人和后种族神话的"痛苦幻想"。

在《天佑孩童》一书中,莫里森批评了类似的种族定性行为、这种带有种族色彩的语言描述,还批判了种族和社会的不公。小说中,布鲁克林将布克描述为"猎食者"(Morrison,2015:59)。她发现布克"在地铁入口处和一群衣衫褴褛的失败者混在一起"(Morrison,2015:59)。还有一次,她看见布克"在社区毫无目的地四处闲晃"(Morrison,2015:59)。布鲁克林对布克的描述类似于齐默尔曼对特雷沃恩的描述:"到处走动,四处张望","看起来他好像不怀好意"。布鲁克林的描述与书中真正的猎食者——恋童——形成了鲜明的对比,而那个人却享有"世界上最善良的人"的美誉(Morrison,2015:111)。虽然这个恋童者最终"被抓获,被判犯有侵害罪——侵害并谋杀六名男童"(Morrison,2015:118),其中包括布克的弟弟亚当,但这一切已经是亚当失踪6年后的事情了,这无疑是一种对正义的嘲弄(Morrison,2015:120)。这种嘲弄再次唤起了对齐默尔曼的

引　言

审判和定罪。齐默尔曼最终没有被控犯有过失杀人罪,尽管案件的首席调查员克里斯·塞林(Chris Serine)出具了一份宣誓书(Yancy & Jones, 2013："引言")。州检察官和警察局长李没有驳回齐默尔曼在"正当防卫"法律下自卫的合法权利。此外,官方也未对齐默尔曼进行相关检查,以确定他当时是否受到毒品或酒精的影响。然而,经解剖证实,特雷沃恩的体内有吸食过大麻的迹象。小说中,发现受害男童亚当的尸体后,对现场的勘察也再次暴露了警方的无能。通过报案,亚当父母请求警察寻找亚当,而警察做出的回应却是立即搜查亚当的房子——在警方看来似乎这一切都是这对焦急的父母犯的错。他们首先查询了亚当的父亲是否有前科,确定没有后,只丢下一句"我们会尽快和你联系"就离开了。"又一个小黑鬼死了。又能怎么样呢?"(Morrison, 2015：113-114)

《天佑孩童》的讲述者,就像作者莫里森一样,似乎在哀叹黑人青年不断失踪或惨遭谋杀,以及警察对于这些事故的无能。面对黑人青年所遭受的肆意谋杀,莫里森在接受罗斯(Rose)采访时呼吁要改革并且训练警察队伍。她哀叹黑人领袖的缺位,这与民权运动时期不同,那时黑人社区有领袖,他们可以与政府对话,从中斡旋,并在黑人陷入困境时替他们发声。她想知道奥巴马领导下的黑人是否能够实现这些诉求。迈克·埃里克·戴森（Mike Eric Dyson）似乎同意莫里森关于黑人缺乏领导力的观点。戴森认为，奥巴马未能代表黑人民众，因为他不愿在种族主义问题上发声，也不愿谈论警察的暴行，而且他似乎有意淡化黑人民众的困扰，"以强化他的种族中立"的立场。特别是警察这样的执法机构对黑人的不分青红皂白地杀戮和残忍对待的暴行，证明了结构性种族主义的盛行，这种种族主义自奴隶制时代起就使黑人不断遭受来自白人的暴力。莫里森和艺术家格伦·利冈（Glenn Ligon）一道，告诫人们不要在她所说的"令人不安和胆怯的时代"盲目地追求个人命运，而是要为集体的命运抗争：

> 我认为我们已经超越了集体黑人的概念。黑人是对于一个群体定义的，所以黑人领袖可以代表所有黑人发声。我认为我们已经超越了这一范围，我们正在进入一个新的领域，在这里，更多个性化的关于黑人的观念将成为规则，而不是例外。我认为这才是我们要去的地方。（Touré，2001：25）

莫里森把布莱德塑造成新黑人，批评了新黑人后种族政治的倡导者，他们淡化了结构性种族歧视对于获得如教育、就业、医疗、移民和住房等基本权利的意义。他们对"后种族/后黑人"或"新黑人"的叙述没有考虑到种族主义对普通非裔美国人日常生活的负面影响,这些人是种族主义的受害者。新黑人庆祝自己物质方面成功并享受地位所带来的一切时,却没有意识到个人的物质成功并不总是意味着社会平等和公正(Yancy,2005:179)。用科尔·韦斯特(Cornel West)广受欢迎的话来说,种族主义仍然影响着许多人的生活。罗内·沙弗斯(Rone Shavers)认为,"一个人是否认同前黑人、后黑人或原初黑人等黑人观念并不重要,重要的是一个人拥有黑人的生理标记这一事实会引起种族主义推断,无论这种推断是多么随意、天真或是完全充满敌意"(Shavers,2015:89)。对于莫里森来说,无论是新黑人观念还是旧黑人观念,都以多种方式引发了对种族问题的思考。种族是经济和政治状况的标志,是"权力与控制必要性之间分歧的仲裁者",而不是"人类对一个物种的分类"(Morrison,2016:第一章)。最重要的是,种族是一种社会结构,"是一种特殊的种族形式的权力和从属关系的副产品"(Murray,2016:149)。莫里森通过布莱德和她的设计顾问杰里之间的关系展现了这种权力的动态性。杰里通过凝视者和被凝视者、定义者和被定义者、殖民者和被殖民者、主导者和被主导者、商业化者和被商业化者之间复杂的逻辑关系来构建布莱德的新黑人身份。此外，他从一个资本家的角度来塑造布莱德，把她深黑色肌肤的身体"从一个有价物品，变成一个神奇的欲望之物"（Murray，2016：55）。

新黑人的这一概念承载着黑人商品化的历史及其表征。对于这一概念，莫里森将所有在社会和政治上被剥夺权利并发现自己处于等级制度底层的人们融合在一起形成一个更现代化、更广泛的概念。这也包括拉娜·基尼耶（Lana Guinier）和杰拉德·托雷斯（Gerald Torres）关于新黑人的观点——"考虑到我们所处的历史时期，种族需要被重新定义"（Guinier & Torres，2013：31）。尽管就其背景而言，《天佑孩童》是莫里森最现代的小说，但它确实包含了更广泛的历史时刻。《新黑人》旨在探讨小说《天佑孩童》中的新黑人美学，同时追寻黑人艺术运动和莫里森早期小说（例如《最蓝的眼睛》和《秀拉》）中所体现的旧黑人美学的轨迹。《最蓝的眼睛》和《秀拉》都是在黑人美学和"黑即是美"的哲学思想背景下写成。如果不考虑黑人美学对其创造者的意义，黑人美学是如何转型的，黑人美学与新黑人的区别以及（新）黑人美学在当代公共辩论领域中的位置等方面的问题，对新黑人概念的任何理解都是不完整的（Martin，1988：2）。因此，对于新黑人概念的理解不可避免地要回答这样一个问题："什么是旧黑人？"这些都是《新黑人》这

引　言

本专著想要探讨的一些交叉性的问题。

第四节　成为新黑人

无端地相信美国式承诺或梦想——认为任何人都可以成为大人物——这种行为近乎色盲,这使得美国社会是建立在精英统治基础上的神话得以永存。然而,正如莫里森在访谈录,特别是"身为黑人的苦痛"一文中所指出的,事实并非如此。① 在这次访谈中,莫里森指出,固有的白人特权和白人至上主义是向上流动的关键,这是基于把少数族裔、被种族化的他者,尤其是黑人排除在外。是白人或看上去像白人是向上流动的关键,它蕴含在"我不是黑鬼"的信念中,这种信念被莫里森称为美国历史上向上流动的一个例证:"每个移民都知道他不会落到社会的最底层,无论如何,他们都至少会在一个群体之上,那就是我们——黑人"(Morrison, 1994b: 255)。虽然她指的是欧洲人和白皮肤的移民,但却暗示各种种族背景和肤色的人都从反对黑人的社会地位提升中受益。基于肤色的种族等级制度使黑人处于社会的最底

---

① 莫里森在她的小说和众多采访中揭露了基于肤色界限或肤色特权的等级结构,包括她非常有影响力的文章《家园》,在这篇文章中,她批评后种族主义的意识形态是一种乌托邦式的幻想。

层，从而阻碍了他们社会地位的提升。事实上，黑人成了白人实现美国梦的一个来源。最近，莫里森将特朗普的口号"让美国再次变得伟大"解释为"让美国再次变成白人的美国"，这一口号是以永远无法容忍的其他的"我"的存在为代价的（Morrison，1994a）。正是黑人的对比，使白人占据了"垂直种族化的社会等级制度中的最高位置"（Monahan，2011：24）。这一点同样适用于现在的拉丁美洲移民。正如波多黎各社会学家爱德华多·博尼拉·席尔瓦（Eduardo Bonilla-Silva）所观察到的，"当我们来到美国时，我们会立刻意识到，在这里，白人在上层，黑人在下层，'我的工作就是不要成为黑人'"（Guinier，2013：19）。从这个角度看，向上流动是基于一定程度的肤色等级制度，这是奴隶制和种族主义的遗留问题，只要处于这种等级制度的最底层，黑人就会因为肤色而永远无法翻身。作为黑人，就意味着一直处于社会、政治、经济、教育和就业的最底层："最后一个被雇佣，第一个被解雇"（Guinier，2013：41）。

尽管作为一名新黑人，布莱德的努力和才华、她在商业和时尚行业的杰出表现，以及她公开和隐蔽的种族主义经历都提醒着人们她在阶级体系中的地位或者在胡克斯（hooks）定义的"肤色等级制度"（the color caste system）中的位置。这种肤色等级制度定义了美国人的生活。作为新黑人，她对

引　言

后黑人时代经历的可能性和危险持开放态度，这就需要对白人的凝视做出妥协，"同时还要承担无视黑人审视性目光的重负"（Patterson，2011：20－21）。在斯蒂芬妮·李（Stephanie Lee）看来，无视黑人的目光就等于无视黑人祖先在非裔美国人和莫里森文学作品中的存在。这是完全不可能的，因为非裔美国文学源于他们的祖先。人们并不接受像图雷和法瑞尔这样的艺术家所推崇的"种族身份的解放"（Li，2015：45）。就像新黑人艺术家一样，布莱德也想向上流动。布莱德疏远母亲，就像母亲曾经疏远她那样，而母亲疏远女儿的方式是通过让女儿厌恶母亲。布莱德的曾祖母也曾因为肤色白皙容易被误认为是白人而切断与家庭和社区的联系。像新黑人艺术家一样，她认为成功的源泉在于内在而不是外在。伴随着物质上的成功而来的是看不起那些物质条件不如自己的人。这一点在布莱德遭遇车祸后被营救的场景中表现得很明显，还有当她的女仆罗斯被解雇时，她表现出的种族歧视：因为她再也无法忍受看到她如同哈密瓜般鼓胀的胸部和背后西瓜般的肥臀（Morrison，2015：57）。营救布莱德的是一对白人夫妇——伊芙琳（Evelyn）和她的丈夫史蒂夫（Steve），这对夫妇选择过一种抛弃物质享受的自然生活，而不是一种受技术驱动的舒适的现代生活方式，但是布莱德认为，他们的所谓的自然生活方式是由贫穷导致的。这是一个有趣的角色逆转——作为社会弱势群体的白人夫妇成为新黑人，因为低贱的生活方式而成为遭受嘲笑和羞辱的对象。在布莱德看来，贫穷是他们经济地位的体现，贫穷也是他们的个人社交失败的原因，因为他们并没有像布莱德那样通过努力奋斗来改变自己的命运。

莫里森在小说中对这样的个体发出警示，这些个体与他们的祖先、家族和出身脱节，例如莫里森早期小说《秀拉》中的主人公秀拉就是这样一个例子。布莱德和秀拉就像"后黑人"姐妹一样在乎自己的新黑人身份。莫里森将秀拉定义为"典型的黑人，她的黑是一种隐喻的黑，而不是黑色素，当然这种黑也不是对部落的绝对忠诚。她是新世界的黑人和新世界的女性，她从别无选择中寻找生机，创造性地应对她所遇到的事情"（Melancon，2014：53）。梅兰科（Melancon）将莫里森对秀拉的描写理解为新黑人或新世界黑人的化身。对梅兰科而言，秀拉的特征是精心设计的，这些特征经常"相互矛盾，具有对抗性和颠覆性"，是对黑色的全面体现。"新世界"这个称谓——无论是否属于或符合黑人或女性的身份——都超越了某种狭隘主义或绝对主义，而这种狭隘主义或绝对主义会将黑人或黑人身份限制在一个狭隘的范围内（Melancon，2014：53）。从无从选择中寻找选择更接近帕特森对后黑人主题的定义，即"对个性的自由追求"

引　言

(Patterson，2011：20 - 21)。秀拉的悲剧在于，她在追求一种不被社会所认可的个人主义，这是一种以切断与社区、祖先或家庭的联系为代价的个人主义。因此，存在于新世界或成为新黑人并不意味着他们在追求个人幸福和社会进步时一定会热爱他/她的家庭或社区成员。然而，莫里森的小说并不赞同对个性的自我追求。事实上，莫里森和胡克斯一样，认为"爱黑人……比获得物质特权更为重要"(hooks，2001：66)。借用莫里森的话来说，如果新黑人不再"无私地关心别人"，那么他/她就不会"真正地成熟"(Morrison，2016：第三章)，小说中布莱德以生命为代价捍卫白人小女孩瑞的无私行为是最有力的证明。

新世界黑人试图通过社会进步来进入主流政治，通过切断与其社区的联系或者肤色看起来像白人的方式来获得上流的公民身份或特权。因此，看起来像白人、成为白人或属于肤色更白皙的人，就成为向上流动的关键。这并非是完全拒绝黑色的一种方式，而是一种确保你不会被有色人种系统的价值观所评判的方式。在《天佑孩童》一书中，新黑人似乎在挑战这些基于肤色的等级制度。对于黑人和其他少数族裔来说，美国社会远不是一个任人唯贤，努力工作就会获得成功的社会。小说对旨在控制和阻碍黑人流动的社会因素进行了批判。莫里森通过对后种族、后黑人和新黑人的色盲模式的概括，将现实生活中的黑人从旧黑人转变为新黑人。她解构了新黑人，并再次戳穿了白色神话是如何以"纯洁、美丽、真实、正确自居从而造成种族权力的两极分化"（Schwarcz，2015：54-55）。她揭露了构建黑人和白人背后的社会力量——白不仅仅是一种肤色，更是一种社会愿望。她展示了新形式的种族主义如何影响和颠覆所谓的新黑人实现向上流动的斗争。布莱德在成为一名成功的企业家之前面临着各种挑战和种族主义，她和助手布鲁克林之间存在着一场权力斗争，因为前者成为一名成功的新黑人企业家，这对种族现状构成了威胁。布鲁克林梦想取代布莱德在西尔维娅公司的职位，"在那里，她的职位是可以争取到的"（Morrison，2015：26）。

据辛西娅（Cynthia）和朱莉·威利特（Julie Willet）的观点，后黑人（或称新黑人）生活围绕着企业家客观上和主观上的错觉以及权力的动态斗争展开。客观的错觉成就了精英统治的信仰，即"工作和人才驱动体系"（Willet，2013：48-49），而主观的错觉是让人们相信，每个人都有潜力去实现他/她的创业精神。辛西娅和朱莉·威利认为，这种信仰受到后黑人的追捧："它意味着，通过良好的选择和辛勤工作能够获得文化和专业技能，进而实现地位的提升。这样人们就可以将黑色转变为一种著名的风格、一种具有流动性的身份，甚至是一种个人选择"（Willet，2013：22）。这种"后黑人"的概念表明，非裔美国人或黑人可以成为自由主体（而不是资本主义制度的产物），但如果认为黑人可以凭借能力出人头地的后种族时代已经到来，那就太天真了。正如图雷所言，质疑某人是黑人（肤色是否足够黑）或质疑黑的真实性，就是"低估黑的价值、限制黑的潜能、成为黑人本性不足者的后代"（Touré，2001：5）。

杰里也给了布莱德类似的建议，告诉她如何让自己的黑成为一种卖点，这就好像他在建议一种合法的方式来展现黑。他建议布莱德用一种政治上的权宜之计来接纳和利用她的黑。黑人的成功取决于他们的黑人特质的流动性，他们是否足够黑，以及他们是否能够在最大程度上利用或出售他们的黑人特质来为自己谋利。当商业大亨鲁伯特·默多克（Rupert Murdoch）声称奥巴马不是一个真正的黑人总统，美国还在等待真正的黑人总统时，他质疑的是奥巴马是否是地道的黑人，能否理解黑人的困境和痛苦。

同样，莫里森称比尔·克林顿（Bill Clinton）为第一位黑人总统。克林顿对黑人的接纳是一种政治权宜之计，因为他"巧妙地运用了黑的含义和象征，为自己谋利"，尤其是为了获得黑人选票（Dyson，2016："引言"）。莫里森没有提到克林顿在生理和语言方面与黑人的差异，事实上，她之所以称克林顿为黑人,是因为他"在种族舞台上的公平竞争意识"(Yancy,2005:212)。莫里森称赞比尔·克林顿是"我们的第一位黑人总统",但这只是一种比喻,因为在莫里森看来,克林顿拥有"几乎所有的黑人特征:单亲家庭、出身贫困、工人阶级、会吹萨克斯、爱吃麦当劳的垃圾食品,出生于阿肯色州"(Li,2012:"引言")。借用克拉伦斯·绍尔·约翰逊(Clarence Sholé Johnson)的话来说,克林顿的黑人象征意义在政治上是"具有颠覆性的,在这种情况下,肤色白政治黑与政治白肤色黑都是不矛盾的。这意味着他/她在意识形态上致力于去除白人中心化,反对白人霸权"(Yancy,2005:180)。

奥巴马用自己的方式去利用他的黑人身份或双重种族身份(biracial identity),这使他的事业获得了意想不到的成功。由于他的双种族身份,他可以调解和解决不同种族背景群体之间的紧张关系。正如戴森(Dyson)所说,双种族这个词对于"四分之一黑人血统到混血儿此类表述来讲是一个重要的改进,它意味着种族间的结合体"(Dyson,2016:第二章)。小说《天佑孩童》中提到了"不同混血儿类型以及有四分之一黑人血统的人"(Morrison,2015:3),他们在过去做过什么以及他们在这个充满种族偏见的社会中为了生存和成功必须做些什么。所有这些角色类型,包括奥利奥(讨好

引 言

白人的黑人），都是尤达·贝内特（Juda Bennett）所描述的莫里森对黑人形象的改进。曾经有一段时间，黑人的身份在种族和政治上都很重要——"作为一个黑人，喜欢吉米·亨德里克斯（Jimi Hendrix）就像喜欢曲棍球或乡村音乐一样：这是黑色皮肤的人们所共有的一种追求。"很久以前，没有什么比向詹姆斯·马歇尔·亨德里克斯（James Marshall Hendrix）[①] 示爱更能清楚地表明自己外表是黑人但内心是白人（这是"奥利奥"非裔美国人的传统耻辱）（Walker，2012：133）。现在，成为新黑人已经成为一种时尚（即使成为新黑人意味着成为"奥利奥"或者表现得像白人）。这是一种新的规范，并且对这种规范的追求已成为经济、知识和政治方面的潮流。针对这种对黑人身份的追求，考虑到黑人的流动性和不断扩大的边界，人们提出了一个基本的问题：成为新黑人在当下意味着什么？谁才是新黑人？有一个著名的例子：原本是白人的雷切尔·多尔扎尔（Rachel Dolezal），却成功地被当成了黑人，也可以说是通过认定自己是黑人而成了黑人。她被揭露是白人冒充的黑人（Crawford，2017：第

[①] 吉米·马歇尔·亨德里克斯（1942年11月27日—1970年9月18日），出生于美国华盛顿州西雅图，美国吉他手、歌手、作曲人，被公认为是摇滚音乐史中最伟大的电吉他演奏者。——译者注

七章)。那么,白人冒充黑人的后果是什么?作为一名白人,多尔扎尔在努力"向上流动"的过程中,是否像布莱德那样,面临着结构性的种族主义?她成为黑人是为了提升自己的事业,并且在社会上享有一定的权力和声望吗?如果白人可以认为自己是黑人,黑人可以认为自己是白人,那么种族又意味着什么呢?这是否意味着种族只是一种语言上的称呼?是否意味着种族的概念正在快速演变,或者说已经成为政治上的权宜之计?她是像莫里森笔下的克林顿那样的黑人——反对种族主义现状,还是像法瑞尔那样的黑人——想要认可并成为现状的一部分?通常情况下,成为白人的愿望反映了一种想要占据权力地位或获得某些特权的愿望(Yancy,2005:178)。多尔扎尔不赞成为获得某些物质利益而穿上一套服装,或者像多尔扎尔那样身着有缀珠的非洲式的服饰,或者梳起满头小辫使自己看起来更像黑人(Dolezal,2017:1)。对她来说,黑人不仅仅是指外表肤色上的黑,而是"你所蕴含的文化和你生活的经历,它是哲学的、情感的,甚至是精神上的内容"(Dolezal,2017:3)。因此,通过感黑人之所感或体验黑人的经历而成为像多尔扎尔这样的新黑人也是有可能的。雷切尔(Rachel)可以说有着白人背景,但她认为自己是黑人。她颠覆了白人是向上流动的关键的逻辑，驳斥了黑色的生物学本质的逻辑（Yancy，2005：182）。正如文化理论家肯尼斯·W. 麦克（Kenneth W. Mack）和盖伊·尤里尔·E. 查尔斯（Guy-Uriel E. Charles）所说的，雷切尔将自己归属于一个种族以颠覆原有的种族身份，这是"一种自愿的文化归属"，而不是基于对于经济成功和生物或社会差异的考量（Mackie & Charles，2013：3）。

保罗·C. 泰勒（Paul C. Taylor）更加赞同莫里森的观点，即种族是一种社会建构："我们的社会关系——包括我们的民族关系——不是自然的或固定不变的，而是偶然的，可以被选择。我们主要的种族分类从来没有也不可能像我们曾经假装的那样纯洁和不可侵犯"（Taylor P.，2016b：16）。泰格·伍兹的情况似乎也是如此，他称自己是"高黑印尼亚人"（Cablinasian），即高加索人、黑人、印第安人和亚洲人的混血儿。他证实了所有种族身份都具有流动性且不是永恒不变的。莫里森通过小说《爵士乐》和《柏油娃》展现了这种族裔关系的性质。小说《爵士乐》中亨利·莱斯特罗伊（Henry Lestroy）和金·格雷（Golden Gray）有段经典的对话，父亲亨利让儿子格雷选择自己的种族身份："做你想做的——无论是白人还是黑人"（Morrison，2004：173）。在《柏油娃》中，莫里森刻画了"黑即是美"与"黑即是阻碍"之间的紧张关系。黑色的头发,深黑色的皮肤原本是黑色之美,但这些特征却给阿尔玛·埃斯特(Alma Estee)这个小说中新兴的新黑人带来了重重阻碍。莫里森将阿尔玛的"黑夜般的皮肤"与怪诞的美学形象进行了对比。这在索恩(Son)的父权意识中产生了厌恶的情绪。受黑人艺术哲学"黑即是美"的制约,索恩想要驯服和征服阿尔玛(Crawford,2008:101)。玛戈·纳塔利·克劳福德(Margo Natalie Crawford)说,"红色假发是依附在黑色皮肤上的诡异的标志,但索恩认为那是阿尔玛最为吸引人的地方"(Crawford,2008:101),就像白色的衣裙裹着布莱德"午夜般黑、苏丹人般黑"(Morrison,2015:3)的身体,白色的衣裙像贴在身上的膏药,反映了一种复制白色肌肤的渴望。① 衣服的颜色暴露了内在对白的渴望。在索恩的眼中,阿尔玛是人造的、怪诞的,就像"扎着腰带的九重葛""涂着口红的美洲豹幼虎""戴着耳环的牛油果",而不是"真实"的她(Morrison,2004:299)。在索恩看来,阿尔玛戴着红色假

---

① 玛戈·娜塔莉·克劳福德(Margo Natalie Crawford)不仅对黑人美学、黑人艺术运动和后黑人美学提出了一些最具启发性的见解。她对莫里森一书的讨论,在其代表作《淡化焦虑》(*Dilution Anxiety*)和《后黑》(*Black Post-Blackness*)中对《最蓝的眼睛》以及《柏油娃》的讨论,为人们理解《天佑孩童》一书提供了新的契机。

发，显得不自然、不真实甚至有些荒诞。布莱德的打扮也不自然、不真实——反映了杰里怪诞的想象力。就像奥利奥（讨好白人的黑人）一样，只穿白色的衣服反映了布莱德——她的感受和她的外表之间存在的张力。奥利奥因其二元/双重意识、怪异的外表和分裂的人格成为杜波依斯经典的隐喻。莫里森在她的最新小说《天佑孩童》中阐述了新黑人的形成/理论，阐释了新审美标准的破坏性影响，以及如何保持自然而不失其真实性。

第五节 黑色身体及其掌控者

《新黑人》一书的主要关注点在于布莱德的白人顾问设计师杰里的凝视与体现新黑人角色的布莱德的物质实体之间的创伤关系。杰里是一位成功的设计顾问，擅长将黑色作为一种商品售出。布莱德请杰里为自己进行形象设计，以便促进自身事业的发展。布莱德在西尔维亚有限公司的第二次面试开启了她作为真我女孩首席执行官的职业生涯。在这次面试之前，杰里给了布莱德这样的建议："无论何时何地，你浑身上下都要穿白色的衣服，而且只穿白色"（Morrison，2015：33）。杰里塑造了布莱德的形象，他对黑色肌肤身体的设计能力意味着他不仅占据了权力的主导位置，而且他将继续构建我们感知黑色的方式。

  历史上，白人一直享有作为"旁观者"和"凝视者"的特权地位（Yancy，2008：xvii）。根据伊斯梅尔·里德（Ishmael Reed）的说法，白人作为编剧、电视评论员、制片人、导演和媒体大亨主导着媒体。他们对媒体享有完全的控制力，因此他们可以任意贬低黑人并且使其处于有利/不利地位（Reed，2000：181-183）。这一洞察力将黑人具体化的主题及其表现与德里达（Derridean）的"档案暴力"（archival violence）概念联系起来：黑人的思想是如何像档案馆一样在其外部构建。例如，杰里对布莱德身体的美化和呈现延续了时尚界的"档案暴力"，因为是他决定如何更好地掩盖她的缺点，展示她深黑色肌肤的身体。杰里建议布莱德穿白色衣服的目的是努力提高她的异国情调，这让人联想到像娜奥米·西姆斯[①]（Naomi Sims）、戴安娜·罗斯（Dianna Ross）和格蕾丝·琼斯（Grace Jones）这些偶像派的非裔美国艺术家、造型师和模特们某些著名的身体操演（body per-

---

[①] 娜奥米·西姆斯（Naomi Ruth Sims，1948—2009）出生在牛津。1960年代美国种族矛盾正在不断升级，西姆斯却凭借实力登上美国著名时尚杂志的封面，广泛吸引了人们的注意。这不仅是因为她是第一位出现在如此权威的、代表着中产阶级普遍喜好的杂志上的黑人女性，更是因为她有着比咖啡色更深一点儿的肤色，无声却有力地使人们接受"黑即是美"。西姆斯因癌症于2009年8月1日在纽华科与世长辞。——译者注

引　言

formance/representation）。她们互为先驱并用自己独特的方式演绎着"黑即是美"的口号。正如伊莱恩·斯卡瑞（Elaine Scarry）所观察到的那样，美的问题"促使人们按时间顺序回顾过去以寻找先例和相似之处，然后再向前推进寻求创新、推进概念的发展，最后再将新旧事物联系起来"（Scarry，1999：30）。因此，研究布莱德与其先辈莎拉·巴特曼（Sarah Baartman）、约瑟芬·贝克（Josephine Baker）和格蕾丝·琼斯（Grace Jones）的关系非常重要。黑人女性身体行为的标志性、神话性和陈规定型观念继续扩散。这一观点始于巴特曼（也被称为黑色维纳斯或霍屯督人），贯穿整个19世纪和20世纪，并且在现实生活中得到了娱乐界明星的体现和实践。像约瑟芬·贝克这样的演员就被认为是非裔美国性感女神，数十年后，格雷斯·琼斯再次续写辉煌。这些黑人女性偶像（以及布莱德）与他们的经纪公司、经纪人和顾问的共识就是他们一心想要把她们的身体或身体操演作为一种"野味"供大众消费。

为了找到黑人偶像及其操纵者之间的"先例与相似之处"，《新黑人》一书的研究不仅涵盖了莫里森、黑人美学、后种族理论和其他种族和性别的文化表征理论，还包括黑人妇女在媒体、文化、流行音乐、选美比赛和摄影/视觉档案馆的形象呈现。本书认为这些视觉呈现通过漫画和刻板的角色描绘黑人,从而带给莫里森笔下以布莱德为代表的此类人物有害的影响。我将探讨作为形象创造者、文化代理人和时装设计师的男性如何继续把黑人女性塑造成受崇拜的、有市场的商品和文化符号;黑人选美大赛如何通过投资具有异国情调的形象来增强女性的性吸引力,从而继续维持对女性身体的暴力行为;莫里森笔下,以布莱德为代表的最新的人物的"奥利奥化"进程。最后,本书追溯了"黑人是新黑人"这一概念的发展历程,并将其全面与非裔美国黑人的美学联系起来——包括黑人艺术运动、黑人权力运动、黑即是美以及后黑人或后奥巴马思想流派。

  小说《天佑孩童》分为四部分,本书对这部看似简单的小说的讨论也相应地分为四个章节。小说每一部分在篇幅和叙述角度或叙述顺序方面都不同于其他部分,其中第一部分篇幅最长。小说中大多数章节的标题都是以小说中某一人物的名字命名,所讲述的事件都是从这一人物的叙述视角展开。叙事视角主要来自"不同人物的第一人称叙述"(Goldberg,2017:27),但第二部分和第三部分中的几个章节和第四部分的一个章节没有标题,并且是第三人称讲述视角。莫里森的小说创作既有古典叙事的传统,又有当代叙事的范式。从"黑即是美"这一美学跨越到"黑人是新黑人",本书对该小说的探讨试图将过去的叙事范式与旧黑人美学向新

引　言

黑人美学的演进联系起来。

　　全书第一章探讨莫里森如何凸显肤色越界这一历史主题。该主题抓住了从旧黑人到新黑人的转变以及新旧黑人的转换模式，并把这种转变看作是一种社会攀登或向上拼搏的尝试。通过这种方式，黑人试图越过肤色界限，让自己融入更优越、更主流的白人社会。甜甜的家庭是历史上非裔美国人努力冒充白人以获得更好的就业机会和更广阔的社会流动性的一个缩影。本章着眼于肤色越界这一主题的持久相关性、如何应对后黑人时代种族的生存能力，以及莫里森的小说之间如何通过肤色越界主题相互关联。这一章还探讨了母亲和女儿、丈夫和妻子之间的关系是如何因为肤色歧视、种族主义和肤色越界的急迫性而变得复杂和分裂。这一章还讨论了甜甜对其女儿的憎恨，这点与黑人肤色越界的传统叙事有关。传统观念认为浅肤色的夫妇生出深黑色肌肤的孩子这一现象是返祖现象，从而成为被嘲笑的对象。莫里森对黑人婴儿这一转义以及对故事所处时代——20世纪60年代——所谓的新自由主义时代和多种族运动的巅峰时期，对这个故事的历史时期定位，尤其是对布莱德的出生和养育困难的定位凸显了莫里森抓住了身份危机这一具有挑战性的问题。本章的目的之一是帮助读者理解莫里森如何重新定义21世纪的肤色主义问题。回顾这段黑人因为肤色较浅而越界成为白人的历史至关重要，因为莫里森将这种个体对成功的渴望与接下来即将探讨的新黑人主题的章节相关联。

　　本书第二章以布莱德为第一人称视角，讲述了她与男友布克分手、与索菲亚之间的清算，以及她与母亲和男友布克之间矛盾重重的关系。然而，布莱德与她的形象顾问杰里的互动，以及他所掌握的权力，将是这一章讨论的重点。《新黑人》一书以著名的黑人模特和名流，如格蕾丝·琼斯（Grace Jones）、约瑟芬·贝克（Josephine Baker）等，与其经纪人或者顾问，如让·保罗·古德（Jean-Paul Goude）和保罗·科林（Paul Colin）之间的关系为背景，研究布莱德与她的顾问杰里的关系，以解析杰里如何看待布莱德柏油般黑亮、具有异国情调，同时附有怪诞色彩的身体。布莱德与杰里之间关系的研究旨在凸显莫里森如何将理想中的美定义为深黑色肌肤的身体与其掌控者之间的等级关系。莫里森谴责这些掌控者，认为他们是异国情调之美的"供货商"，并批评杰里如何仿效让·保罗·古德在他对布莱德营销时所使用的策略——重新包装她深黑色肌肤的身体，以反映她内在的白。他通过控制她的着装来实现这一点，并把她作为一个具有异国风情的客体呈现给人们。在《他者的起源》一书中，莫里森认为，裸露或"穿着暴露"的黑人身体被作为"无底线的色情"对象加以呈现，但是观察者或谋划者的偷窥癖好却被忽略了（第六章）。这一章的研究目的是揭露杰里的偷窥癖。作为布莱德的形象设计者，杰里通过把布莱德的身体投射成一个具有异国情调的美丽客体从而把布莱德的身体商品化。

第三章探讨了杰里作为整体概念设计师如何为布莱德进行从头到脚的包装——服装、珠宝和其他相关配件。本章叙述了杰里如何塑造布莱德的整体个性，以及她的深黑肤色身体如何受制于白人审美标准、着装规范和外表上的价值观。布莱德完全服从于他对她彻头彻尾地"全面改造"。黑人获得自由已有150余年之久，黑人是一个被赋予权力的主体；然而，对于新黑人来说，黑色肌肤仅仅是为了取悦大众，而非取悦自己这样的困境依旧存在。如果问题的关键不是变成白人或在外表上看起来像是白人，那么至少应该根据白人对黑人的想象来塑造自我。就像布莱德一样，她仍然需要否定自我或把否定自我的形象内化。像格蕾丝·琼斯（Grace Jones）一样，布莱德一袭白衣，以她认为最具吸引力的形象示人。她如此内化白人价值观，以至于她不仅穿白的、吃白的，甚至在精神上漂白自己。最后，本章探讨作为形象设计者、文化代理人和时装设计师的男性如何继续将黑人女性的形象塑造成具有恋物癖、有市场营销价值的商品和文化符号；黑人选美比赛是如何通过投资那些有异域风情的形象从而持续性对女性身体施加暴力。这些形象增强了她们的性吸引力和异国风情,而对于莫里森塑造的角色(如布莱德)来说,他们只不过是讨好白人的黑人罢了。

  第四章探讨了虐待儿童对布莱德和布克生活的影响。作者研究了布莱德和布克分手后各自的生活。例如,作者关注的是布莱德由于情感破裂而经历的身体上的蜕变。布莱德认为自己又回到了青春期前的儿童状态,变回了那个让父母感到羞耻的返祖孩子(Morrison,2015:97)。莫里森通过她耳垂上耳洞的消失戏剧化地表现了这种退化的状态,这些小洞看起来像"处女","没有被针碰过,像婴儿的拇指一样光滑",同时她还惊恐地意识到她腋窝的毛发都消失了(Morrison,2015:57,97),身体包括乳房——她认为乳房是赋予她力量和女性气质的源泉——正在逐渐缩小(Morrison,2015:97)。体毛的脱落成为她的能动性/主体性和理智丧失的隐喻。本章认为,她身体的大部分变化都是幻觉,这种幻觉导致了她身体自我形象的丧失,尤其是在布克抛弃她之后这种幻觉更加严重。这一章探讨了布莱德寻求解脱的过程,这一过程最终导致了她的自我发现和主体性/女性身份的恢复。小说部分内容也叙述了布克的经历、他过去的生活、学生时代的梦想、他的家庭生活以及他最喜欢的在儿时被虐待致死的哥哥——亚当。本章讨论的重点是布克如何走出影响

引 言

他的人际关系的忧郁症，以及他最终如何从悲伤中自我拯救。

借用大卫·W. 麦基弗（David W. McIvor）的观点——把民主哀悼作为公民的义务或一种公开的民主动态，我认为布克的哀悼行为体现了面对不断遭受的社会损失、创伤、暴力、不尊重，生命贬值，边缘化和其他社会不公正现象不断的自我承认和自我建设的民主劳动。笔者认为，布克的忧郁部分源自与种族压迫、虐待和暴力所展开的斗争的持续性遗留问题。他的忧郁症源自对正义和补偿的索求，不仅是为了他的兄弟，也为了那些因为不明原因同样消失得无影无踪的黑人男孩，更是为了社会正义和种族主义的消除。

结论部分是对小说最后一章的研究，这一章以甜甜为叙述视角。小说以恳求、祈祷、辩解或顿呼的形式描述甜甜如何审视自己作为母亲的责任，以及在种族主义社会中养育女儿的巨大负担。在独白中有一段母女之间的对话。从母亲虔诚祈祷的叙事角度，莫里森在想象中建构了一个多重角度用于谈论责任问题："要负责，要让别人负责，要承担责任，要有责任感，要成为一个负责任的人。"（Oforlea，2017：第六章）作者认为祈祷中的责任问题是母女对话/关系的核心所在。甜甜以一种自我反思和自我批判的方式审视自己作为母亲的行为——种族主义的经历让她对待女儿的行为变得更

— 61 —

为复杂。得知布莱德怀孕后，她在呼唤女儿时憧憬着儿孙的未来。她以祈祷和希冀的形式结束了独白，并以一个象征着希望、承诺、全球公民身份和身份认同的儿童形象作为代表。

《新黑人》着眼于莫里森的最新小说《天佑孩童》如何在黑色的流动性和操演性上进行拓展。莫里森的新黑人概念或新黑人美学是由新黑人运动和黑人艺术运动演变而来的、是"黑即是美"这一概念的分支、是建立在即兴修正美学基础上的，黑人美学是多元身份和未开发潜力的扩展和展现。《新黑人》一书展示了莫里森的黑人主题是如何发展演变，并在21世纪进行了改造，以扩大黑人展示和身份认同的潜力。本书认为，莫里森的新黑人概念超越了任何固有的黑人主体性定义或概念，提供了多种多样的、流动的黑人身份的替代版本。

第一章　旧黑人的越界

在那个年代，几乎所有的混血儿都是那么做的……我的母亲本可以轻松地假扮成白人，但她做出了相反的选择。她曾经告诉我，她为这个决定付出了怎样的代价。

（托妮·莫里森，《天佑孩童》）

熟悉托妮·莫里森作品风格和主题的读者，一定会注意到《天佑孩童》与她之前的小说，从《最蓝的眼睛》和《柏油娃》到后来的《恩惠》之间的相似之处。在莫里森早期的小说中，如《最蓝的眼睛》《所罗门之歌》和《爵士乐》中，她抨击了"美容业的不良影响"（Stern，2000：33）。在《最蓝的眼睛》中，莫里森针对黑人艺术和黑人权力运动的民族主义口号"黑即是美"做出回应，她将这一口号描述为"由内而外的白人思想"和"人类思想史上最具破坏性的思想之一"（Stern，2000：58）。莫里森在《天佑孩童》中阐述了她对"黑即是美"这一口号以及黑人美学的政治意义的最新见解，范围涉及从后公民权利、后灵魂、后黑人到新黑人的方方面面。像黑人艺术运动的支持者一样，莫里森拒绝为艺术而艺术的传统观念，正如她揭露了那些不易察觉的新形式的种族主义行为和虐待儿童的行为，这一主题似乎是从小说《爱》中继承、发展而来。莫里森不断从美学角度揭露种族主义的进程，特别是在对黑人形象的唤起和对黑人身体充满异国情调和魅力的种族化的构建中。根据玛戈·娜塔莉·克劳福德（Margo Natalie Craford）的说法，莫里森的小说展示了人类的审美，尤其是对黑人的审美，是非常有问题的（Craford，2008：96）。

莫里森创作第一部小说《最蓝的眼睛》时，"黑即是美"的哲学正处于鼎盛时期，同时这也是她创作的内部驱动力。《最蓝的眼睛》的创作贯穿自1962年到1970年"整个黑人艺术运动时期"（Craford，2008：19）。在莫里森的新书后记中，她探讨了"黑即是美"或黑人艺术运动中"自然黑的美"的概念，这是"黑人艺术运动中身体政治的重要部分"（Crawford，2006：154）。根据克劳福德的说法，《最蓝的眼睛》展示了莫里森是如何将黑人艺术运动的口号"黑即是美"转变为一项旨在实现种族升华的集体努力，进而将种族自我厌恶转变为种族自爱（Craford，2008：19）。因此，深色皮肤的黑色美被赞誉为是一种自然美的缩影（Craford，2008：68，155）。自然美被等同于深色的皮肤。黑人艺术运动的爆发为对于黑人服装和外表的审美带来了新的参考，预示着一个自我决策和自我塑造的新时代的到来（Craford，2008：68）。穿新式衣服、画新式妆容成为表现黑即是美的方式，就像《天佑孩童》一书中的新黑人布莱德将穿着白色衣服、佩戴白色首饰作为她表现美的方式。拥有黑人身份是"重塑种族美"的一部分，这一主张得到了莫里森的认可（Craford，2008：90）。黑人艺术运动的敏感性影响了莫里森《最蓝的眼睛》一书的创作，正如后黑人艺术运动影响了她后来的小说，如《所罗门之歌》《柏油娃》《爵士乐》和《天堂》（Craford，2008：90）。莫里森的最新小说《天佑孩童》为新黑人思潮影响下的"黑即是美"的思想提供了一个新的视角，即黑人不论其肤色是柏油般的黑还是午夜般的黑，不论是深黑色还是亮黑色都是新的审美标准。

第一节　种族越界的历史

像杜波依斯一样，莫里森将20世纪的肤色主义问题重新定义为了越界而做出的努力。越界是关于肤色主义的一种叙述，它赋予浅肤色黑人生活特权（Craford，2008：2）。克劳福德将"肤色主义"定义为"一种区分黑人和白人的肤色界线以及区分黑人种族内部浅肤色黑人和深肤色黑人之间的一种动态的方式"（Craford，2008：2）。在20世纪60年代"黑即是美"的运动背景下，肤色主义过分坚持地认为这一切都是由"人们并不陌生的对浅肤色的迷恋和对深肤色的反迷恋所决定"（Craford，2008：2）。在新黑人美学背景下，《天佑孩童》探讨了种族的越界和肤色界限的跨越等当代问题，并用"黑人是新黑人"的表述进行了巧妙的总结。新黑人是莫里森对新千年（以及民权运动前后到新千年的过渡期）黑人身份的种族越界的转义。新黑人思想是前民权运动和后民权运动的巅峰。米歇尔·埃拉姆（Michele Elam）认为，在21世纪，旧习俗和政治体质正在发生改变（Elam，2011：117-118），因此这个转义适用于代表所有种族身份的流动性、不确定性、可延展性和可变化性，特别是在文化景观正在迅速变得越来越多种族化的当下。它代表了非裔美国人为了获得充分的公民权利而努力融入主流社会的历程。朱莉·卡里·内拉德（Julie Cary Nerad）认为，流动的、承载着多元文化的身体是表达21世纪关于越界叙述的理想媒介，记录了非裔美国人、少数族裔和非法移民的艰苦奋斗（Nerad，2014：13）。从主题上讲，种族越界的叙述是关于

第一章 旧黑人的越界

浅肤色黑人的一种尝试,这些人试图越过肤色界线,融入更有特权的主流白人社会。具有讽刺意味的是,这也包括那些有非洲血统的白人。根据一滴血认亲规则,这样的白人或混血儿都是黑人。《天佑孩童》中提到这样的越界者约占两成(Morrison,2015:3)。然而,正如埃拉姆(Elam)所言,据统计,种族越界者的数据对其与国家戏剧的文化和文学相关性几乎没有影响(Elam,2011:99)。

19世纪末到20世纪初是越界文学的高峰期,这一高峰于20世纪50年代走向落寞(Hobbs,2014:24),60年代继续这种颓势(Dreisinger,2008:121)。造成这种情况的部分原因是民权运动的到来终结了合法的种族隔离制度(Hobbs,2014:26)。米歇尔·埃拉姆(Michele Elam)在她的《异族的灵魂》(*The Souls of Mixed Folks*)一书中指出,关于越界的作品之所以减少,很大程度上是因为"合法种族隔离制度的终结和20世纪60年代种族政治的转变,使得'越界'这个主题在政治上变得无关紧要了……"到70年代,关于"越界"的讨论基本上局限于对"越界"作品的文学研究(Elam,2011:99-100)。然而,关于越界的文学作品在后民权时代复兴的原因,德莱辛格(Dreisinger)认为,种族差异引发身份危机和社会惶恐的时候,越界类文学作品就会尤为活跃(Dreisinger,2008:123)。出于人们对当代种族和人种界限不明的焦虑,越界文学重新浮出水面,并在这个混血和全球文化交融的时代迅速发展（Dreisinger, 2008：123）。在这个文化遗产和身份不断漂浮、流动的时代,每个人似乎都在努力越界成为别人。萨米拉·卡瓦什（Samira Kawash）简洁地总结道,"我们恰恰是我们自己想要越界成为的那个人"（Dreisinger, 2008：125）。基于卡瓦什总结的关于"越界"的概念,德莱辛格注意到,"越界"的作品反映了人们更能接受这样一个事实,即种族确实是一种构建,种族类别也不像人们曾经认为的那样严格,任何种族身份都在相互越界（Dreisinger, 2008：137）。这种对越界文学体裁的兴趣的复兴与犹大·本内特（Juda Bennett）的观点相关联。本内特认为尽管20世纪60年代经济下滑,但越界题材作品仍然存在,尤其是在80年代,纳拉·拉尔森（Nella Larsen）的小说《越界》（*Passing*）出版时,黛博拉·麦克道尔（Deborah McDowell）对这本小说的煽动性介绍（Bennet, 2001：206）。米歇尔·埃拉姆（Michele Elam）认为,随着科尔森·怀特黑德（Colson Whitehead）的《制度主义者》（*The Institutionist*）和菲利普·罗斯（Philip Roth）的《人性的污点》（*The Human Stain*）等千禧年小说的出版,"越界"变成了"一种流行的新生活方式"。读者可以在有关越界的千禧年小说清单上加上莫里森这本《天佑孩童》。

第一章 旧黑人的越界

这些小说使人们能够以"社会探究和文学分析"的形式研究黑人或非黑人以及越界等含义（Elam，2011：92）。在新世纪之初，这些种族越界的千禧年小说对种族的意义和种族身份的建构提出了挑战。

"越界"的主题与非裔美国人争取自由和平等权利的斗争以及他们希望获得更平等的社会经济地位的愿望有共同之处。《天佑孩童》讲述了那些为了逃避种族主义带来的经济和社会的不平等而假装是白人的人的困境。这些越界者想要逃离黑人和二等公民每天所面临的羞辱、侮辱、种族歧视、暴力和所有的社会经济困难（Nerad，2014：46）。许多有色人种为了获得更好的就业机会和更大的向上流动的空间而冒充白人（Nerad，2014：74）。非裔美国人明白，他们可能会因为肤色上的劣势而被社会剥夺公民权。他们想过一种没有种族歧视和侮辱的普通生活，于是他们想方设法冒充白人，从而抛弃了自己的种族背景和家庭。他们的越界通常被解读为背叛、种族自我厌恶或仅仅是对黑人身份的否认。例如，甜甜①的祖母因为冒充白人而背叛了她的家人。一旦脱离了自己的黑人身份，她就切断了与原生家庭的所有联系，这与非裔美国人与家庭紧密联系的文化格格不入（Nerad，2014：

---

① 《天佑孩童》中主人公布莱德的母亲。——译者注

45)。她不在乎自己冒充白人的行为被认为是背叛还是懦弱，一旦越过了肤色界限，她便坚定地与家人划清界限。因为害怕暴露，她从不拆看家人寄来的信件，并且把每次收到的来信都原封不动地一一寄回。冒充白人让黑人看到了美好的未来，但却因此永远地破坏了家庭关系。做出与家人断绝关系的决定可能是因为生而为人，却遭受着比牲畜还不如的待遇是一种耻辱，更是一种恐惧。缺乏自尊和种族自豪感是人们冒充白人，渴望跨越肤色界限的主要动机（Nerad，2014：74）。《天佑孩童》中主人公的做法是为了获得合法权利，而这些本该享有的权利在吉姆·克劳法（Jim Crow）[1] 的制约下，作为二等公民却是望尘莫及的（Norman，2015：39）。[2]

---

[1] 吉姆·克劳法（Jim Crow laws）泛指1876—1965年美国南部各州以及边境各州对有色人种（主要针对非裔美国人，但同时也包含其他族群）实行种族隔离制度的法律。这些法律上的种族隔离强制公共设施必须依照种族的不同而隔离使用，且在隔离但平等的原则下，种族隔离被解释为不违反宪法保障的同等保护权，因此得以持续存在。但事实上黑人所能享有的部分与白人相比较往往是较差的，而这样的差别性待遇也造成了黑人长久以来处于经济、教育以及社会上较为弱势的地位。——译者注

[2] 肯尼斯·W.麦克（Kenneth W. Mack）和盖伊·乌利尔·E.查尔斯（Guy-Uriel E. Charles）认为，给"新黑人"下定义这件事在当下变得尤为紧迫，尤其是考虑到奥巴马成功当选为美国首位黑人总统（Mack & Charles，2013：4）。请参见斯蒂芬妮·李（Stephanie Li）对于奥巴马的统治如何改变美国的种族关系的讨论，李在书中暗示这个国家至少已经进入后种族时代（Li，2012："引言"）。虽然奥巴马从来没有被认为是后种族主义者或新黑人，他本人也没有直接谈及种族，但他确实从种族中受益（Li，2012："引言"）。顺便说一句：据报道，莫里森在写作《天佑孩童》期间正在写一部关于一位黑人总统生活的小说。

第一章 旧黑人的越界

《天佑孩童》是莫里森最接近现代的作品,因此它对后种族、后黑人和新黑人背景下的有关种族越界的研究非常重要。这必然会引发一个问题:在后黑人时代的语境中,当肤色可能成就卓越,抑或是阻碍个体经济发展时,越界成为新黑人到底意味着什么?① 对于非裔美国人来说,种族依旧并且持续地成为构建种族身份的一个重要因素、一个决定因素。艾里森·霍布斯(Allyson Hobbs)认为,"越界是连续而持久的历史现象,它为持续变化的种族定义、种族关系的动态变化以及在美国社会环境下非裔美国人身份认证的复杂、迂回的路线等重大问题的解决打开了一扇窗"(Hobbs,2014:24)。"越界"这一主题让莫里森对种族关系产生了质疑,尤其是在这个所谓的后种族或超越种族的时代。莫里森在《天佑孩童》中传递的种族越界的目标和做法更接近米歇尔·埃拉姆(Michele Elam)的观点:"关于种族越界的小说似乎死而复生,但不是为了证明过去的问题,而是为了证明在这个'超越种族'的时代中关于种族生存能力的一些最激烈的辩论"(Elam,2011:第三章)。超越种族时代是指所谓的后种族主义过度乐观的时代,它随着奥巴马就任总统

---

① 莫里森在《他者的起源》中对《天佑孩童》进行探讨时把肤色定义为:就其表象而言,黑色肌肤"即是诅咒,也是福音"。

并成为世界上最有权力的政府首脑象征性地到来。后种族主义是一种具有误导性的表达，因为它没有将黑人的愿望和潜力纳入其中。在温弗瑞（Winfrey）、奥巴马和其他艺术家的引领下，"后黑人"或"新黑人"仍然是指代21世纪黑人通过"白人"路径走向成功的最佳词汇。

　　莫里森的小说反映了不同历史时期黑人生活在社会压力下的灵活性和适应性。她的小说通过"越界"的主题相互关联。朱迪·班尼特（Juda Bennett）认为，莫里森在前7部长篇小说和1部短篇小说《宣叙》（*Recitatif*）中对越界神话的处理简短而隐晦（Bennett，2001：213）。例如，在小说《最蓝的眼睛》中，黑人小女孩佩科拉无法在肉体上成为白人，可她一直怀有这样的渴望，表现在她拥有关键的情感特征："渴望白人的特权和日渐增长的脱离黑人社区的强烈意愿。"班尼特说，"莫里森笔下的人物在身体上都可以冒充白人，因此他们跨越肤色界限的动力从身体转移到了精神上"（Bennett，2001：206）。班尼特认为佩科拉对蓝眼睛的痴迷唤起了想要越界的人们对白色的渴望，布莱德亦是如此。佩科拉对蓝眼睛的痴迷就像布莱德对白色的痴迷一样。在《喧叙》出版之前，班尼特还从莫里森的小说中引用了其他的例子。例如，《所罗门之歌》中的奶娃（Milkman）开始在南方追溯自己的血统，他从苏珊·伯德（Susan Byrd）那里得知了自己家族的历史。据苏珊透露，奶娃的母亲辛（Sing）是典型的越界者，与甜甜和她的母亲卢拉·梅（Lula Mae）所面临的越界困境极为相似。奶娃的祖母"太黑了，很难冒充白人"，但她还是"开始像其他人一样冒充"。她补充道："过去有很多这样的情况。现在不那么多了，但过去有很多人这样做——如果他们可以的话"（Morrison，1998：290），而那些不能或因为感到羞耻而没有这样做的人，最后都后悔了（Morrison，1998：4）。随着《天佑孩童》一书的出版，莫里森不仅评论了"越界"作为一种历史现象的延续意义，而且将其发展成为一种文学体裁和现代的存在范式。当种族身份变得更加不确定、更加可塑时，新黑人的越界变得似乎更有道理，更加可行。这使得读者重新审视班尼特对莫里森如何在她过去的小说中构思、探讨种族越界主题的评论，以及莫里森如何对"越界的人物和事件给予实实在在的描述"产生了日渐浓厚的兴趣。（Bennett，2001：210）莫里森突出了奴隶制废除很久之后，美国社会对黑人的持续性压迫和迫害，以及后民权时代的进步，她将越界描述成一种生存法则。

第二节　越界作为一种生存法则

越界的法则可以概述为母亲为保护孩子免受伤害和虐待

而采取的一种绝望举措。《天佑孩童》以母亲甜甜的独白"保护自己不受道德评判"开场（Goldberg，2017：45）。这是母亲沉思着她那肤色怪异的女儿卢拉·安·布莱德维尔（也叫布莱德）出生环境时的内心独白。她把女儿的肤色描述为"午夜黑，像苏丹人般的黑"（Morrison，2015：3）。直到她的孩子出生，她才意识到自己一直都在冒充白人。[①] 这个深黑肤色婴儿的降生暴露了她的家族史，她思考着在像美国这样的种族主义社会中，冒充白人如何给予黑人一种生存之道："在过去，几乎所有的黑白混血儿和具有四分之一黑人血统的混血儿都是这样做的"（Morrison，2015：3）。莫里森援引19世纪对不同类型的混血儿和四分之一混血儿命名法，将种族的概念作为一种社会建构的假想物的形式，这意味着"种族差异的概念是人类的创造物，而非永恒的、基本的分类"（Bonilla-Silva，2014：8）。据瓦莱丽·巴伯（Valerie Babb）所言：

[①] 根据杰西·A. 戈德堡（Jesse A. Goldberg）的说法，甜甜和塞丝一样，用暴力来"践行母性的伦理"。她在文章的开头就理由充分地指出，由于莫里森将人物置于复杂的情境中，从"单一伦理判断"来看待莫里森笔下的人物，尤其是母亲，是一种简单化的做法。借用简·怀亚特（Jean Wyatt）的话来说，我认为甜甜面对着由于（内化的）种族主义和害怕暴露身份和公众羞辱而产生的对做母亲的厌恶，因为她认为女儿如同焦油般黑的皮肤暴露了她的身份，暴露了她越界成为白人的假象。

第一章 旧黑人的越界

种族的社会维度可以用四分之一混血、八分之一混血、混血儿等术语来说明。这些术语试图将那些具有相同外表但有部分非白种血统的个体区别于毫无黑人血统的白人。这些术语说明，作为人类分类的一种手段，种族可以忽略共同的物理相似性，而根据所分配的社会遗产进行分类。（Babb，1998：10）

黑白混血儿和四分之一混血儿的命名表明白人企图通过社会和立法层面的尝试来阻止这些人越界（Elam，2011：3）。这种阻止非裔美国人越界的努力是非裔美国文学中最重要的主题之一，它体现了杜波依斯（du Boisiean）所提出的著名的肤色界限问题，这一问题仍然阻碍着少数族裔取得社会经济上的成功："20世纪的问题是肤色界限的问题"（du Bois）。在21世纪之初，肤色界限仍然贯穿于人类的大部分日常社交之中。越界成为白人后仍然面临着肤色界限的困境，过着"分裂"的生活。为了在种族隔离的社会中生存，获得更多的就业机会或更好的居住条件和教育环境，无论男女都想方设法冒充白人。特别是许多非裔美国妇女，为了逃避奴隶制和种族隔离，为了给她们的孩子以自由和更美好的未来的承诺而冒充白人（Zackodnik，2004：vi）。莫里森笔下的人物"体现了种族与肤色的悖论"，因为种族是一种社会建构，而不是一种生理属性（Pfeiffer，2003：2；Dreisinger，2008：123）。即使小说中的人物冒充白皮肤或浅肤色，但由于他们遥远的祖先血统的缘故，黑色也可能成为他们无法摆脱的颜色，就像甜甜一样。女儿布莱德深黑色的肌肤暴露了家族的血统，这是甜甜和她的丈夫路易斯不愿意承认的，因为这也暴露了他们所继承的黑人血统，而在此之前，他们已经成功地跨越了肤色界限，摆脱了纯黑人的身份，成为浅肤色的黑人或混血儿。即使是一点点来自遥远祖先的黑色血统，也会使得甜甜暴露出她对黑色的恐惧、对恢复黑人身份和对暴露于人前的恐惧，因为这影响了她在美国取得成功的渴望，影响了她"保留一点尊严"的想法（Morrison，2015：4）。一个黑人在美国能过上有尊严的生活，这几乎是不可能的。然而，越界却提供了一种媒介，越界者可以通过这种方式重获尊严和自由，比如说在商店里试戴帽子时被看作一个诚心的买家，而不会被认为是小偷。莫里森将类似对于向上流动从而取得成功的渴望同越界以及新黑人的主题联系起来。例如，为了抓住机会过上体面的生活，甜甜的祖母冒充白人。担心与黑人亲戚保持联系会损害她的社会地位，因此与所有家庭成员断绝了关系。正如凯瑟琳·法伊弗（Kathleen Pfeiffer）所言，越界是"基于一个人隐瞒身世并放弃家庭"的选择（Pfeifer，2003：1）。斯威特尼斯的祖母抛弃家庭或断绝与黑人关系的行为可以被解读为一种种族自我厌弃或不忠诚的行为（Pfeiffer，2003：2）。这种行为也可以被认为是一种在吉姆·克劳法种族隔离的社会下的生存之道。她离开家人独居，留给孩子们的是一个"高度精简后的族谱"（Mills，1998：第三章）。在莫里森的小说《爵士乐》中也有类似的一幕。戈尔登·格雷（Golden Gray）的母亲是白人，但他的父亲是黑人。母亲特意使他沉浸在白人文化中，而格雷对白人文化的适应也很成功。后来，尽管在他与维尔德（Wild）的相遇和与父亲的对抗之后，他似乎认可了自己的黑人身份，但他的行为、身份、思想和言谈举止都同白人别无二致。许多美国白人，像格雷一样，虽然有黑人血统，但冒充为白人。事实上，根据"一滴血规则"（one-drop rule），他们实际上还是黑人，正如甜甜说的一样（Morrison，2015：3）。

越界也反映了杜波依斯提出的著名的"双重意识"（double-consciousness）状态，莫里森将其发展成了现代版的"奥利奥"（Oreo）或"奥利奥主义"（Oreoness），用于比喻那些外表是黑人，内心是白人的人。奥利奥是典型的、认为自己是白人、与黑人文化脱离的一类人。他们抓住了生活在白人至上主义社会中黑人经历的主体性分裂、多重意识和内在矛盾。这是莫里森对那些在"官僚主义表格上填上'白人'"的新黑人的诠释（Mills，1998：第三章）。它体现了莫里森对新黑人的判定：他们是分裂的——外表是黑人，但内心是白人。布莱德作为新黑人或"奥利奥"，她采取白人的生活方式并受其同化，成为一名成功的企业家。她通过了白人的"文化测试"，让自己看起来与守旧的黑人不同，从而避免餐厅的服务生的误会，进而心安理得地享受高档服务。朱迪·贝内特（Juda Bennett）指出，"越界"这一概念有助于莫里森挑战"对'黑人'和'白人'的本质主义比喻，解构了'以貌取人'的浪漫神话"（Bennett，1996：37）。贝内特回忆像马修·阿诺德（Mathew Arnold）这样的诗人如何将"甜蜜与光明"（sweetness and light）的比喻搭配在一起，后来这一搭配被爱伦·坡（Poe）、梅尔维尔（Melville）和康拉德（Conrad）等诗人改为"阴暗与光明"（darkness and light）（Bennett，1996：37），正应了莫里森在她的经典研究著作《黑暗中的游戏：白色与文学想象》（*Playing in the Dark*：*Whiteness and the Literary Imagination*）中所主张的那样。布莱德的母亲名叫甜甜，其名字本身就包含了越界的概念，因为甜蜜与浅色有着某种联系。甜甜回忆自己的母亲——卢拉梅——由于肤色较浅而非常容易冒充白人，但她"选择不那样做"（Morrison，2015：3-4）。女儿布莱德出生的那一刻之前，甜甜一直在不知不觉中冒充白人。根据甜甜对自己的描述，她是"肤色浅，配有一头漂亮

第一章 旧黑人的越界

的秀发,我们称那种头发的颜色为亮黄色"(Morrison,2015:3)。在后奴隶制、后黑人艺术的想象中,亮黄色是美丽的代名词,是人人都向往的颜色(Crawford,2008:34)。克劳福德的评论揭示了布莱德母亲深受颜色冲击的想象力。简·怀亚特(Jean Wyatt)将甜甜描述为一位善于运用色彩的母亲。在一个旨在投资和物化皮肤的社会中,作为一名表皮化综合征情结的受害者,甜甜十分注意女儿的肤色,并因此开始憎恶女儿。也许,因为她有着漂亮的浅肤色,所以她无法直视或触摸那些"太黑"的东西。与她的母亲或父亲不同,卢拉·安的肤色是柏油黑,这种黑足以暴露她那对肤色浅到可以轻易冒充白人的父母的真实身份。事实上,卢拉·安的肤色让她母亲感到十分尴尬,她多么希望女儿"没有那种可怕的肤色"(Morrison,2015:5)。她甚至承认,如果她们的肤色反过来——她是深黑肤色,她的女儿是浅肤色,那么她就可以更好地照顾她,而不是活在"一个黑孩子吮吸她的奶头"的噩梦中(Morrison,2015:5)。

第三节 对隔代遗传的孩子的恐惧

在传统有关越界主题的小说中,比如在兰斯顿·休斯(Langston Hughes)的短篇小说《越界》(*Passing*)中,一个浅肤色的男子不愿意在公众面前认自己的母亲，视而不见地从她身旁走过。在《天佑孩童》一书中，一位母亲因为有一个深黑色肌肤的孩子而感到羞愧，她要求女儿称呼自己的全名"甜甜"，而不是"母亲"或"妈妈"，因为"太厚的嘴唇叫'妈妈'会让人感到难堪"（Morrison，2015：6）。这是莫里森强调危险的一种方式，这种危险不仅源自黑人内化了白色是唯一的审美标准，还内化了与黑色有关的种族主义刻板印象，诸如小黑鬼、妈咪、荡妇、黑鬼、奥利奥和福利女皇①。这些刻板印象和人物形象构成了旨在剥夺和否定黑人主体性的"种族主义象征"（Taylor P.，2016a：第二章）。这些刻板印象的大行其道揭示了反黑人的偏见和黑人将其内化的危险，这是黑人自卑情结的一个显而易见的源头。《天佑孩童》中的母女关系再次让人联想到《最蓝的眼睛》中的母女关系——母亲波琳将她刚出生的女儿佩科拉描述为"一团黑色的毛球"（Morrison，2007：122）。她过分崇尚白色，以至于她对自己的孩子心生厌恶："我知道她长得丑，虽然

---

① 根据帕特里夏·希尔·柯林斯（Patricia Hill Collins）所言，诸如福利女皇之类的刻板印象构成了一套"社会建构的黑人女性形象，每个形象都反映了统治集团对维持黑人女性的从属地位的兴趣（Collins，1991：71）。此外，安吉拉·Y. 戴维斯（Angela Y. Davis）在《黑人妇女与福利》（*Black Women and Welfare*）一文中讨论了黑人刻板印象的延续，黑人女性贫困状况的加剧以及由于里根（Reagan）1981 年上台时推行的政策导致的黑人女性对福利的依赖。

第一章 旧黑人的越界

她有满头漂亮的头发,但是上帝啊,她真的很丑"(Morrison,2007：124)。佩科拉,像布莱德一样,渴望母亲的爱抚,因为那是爱和接纳的象征;同时,她也对母亲的反应和她表达爱的方式十分敏感。例如,她记得她漂亮的头发是如何被母亲当作"蓬松的黑色粗羊毛来梳理",因为母亲已经将白人审美形象内在化,所以她开始疏远自己的女儿,就像甜甜疏远布莱德一样。"波琳开始和她孩子保持距离,因为佩科拉的身体无法接近秀兰·邓波儿的样子,这对于波琳来说是又一次沉重的打击"(Yancy,2008：195)。甜甜也让自己远离了身份被暴露的恐惧,她害怕公开承认布莱德是自己的女儿,这将会源源不断给她带来耻辱。不愿承认孩子的"返祖"或隔代遗传(孩子的身体特征会暴露前几代人的种族特征)是为了让她越界的历史不为人知。根据一滴血认亲原则,这个深黑色肌肤的孩子可能最终会暴露母亲的生物学或遗传情况,从而导致母亲的合法权益被剥夺。因此,母亲害怕承认那是她的孩子(Elam,2011：13)。在19世纪末20世纪初的白人作家所写的有关"黑人婴儿寓言"的书中,返祖孩子是一个常见的比喻,其目的是警告"不明智的白人女性提防没有纯正血统的配偶所带来的危险"(Nerad,2014：106)。他们对后民权时代的跨种族婚姻和性行为发出了警告。据詹妮·斯科恩菲尔德(Jené Schoenfeld)的说法,返祖类的小说利用了人们对种族界限被侵犯的恐惧，以及对于"种族差异是真实存在的，并且这种差异可以以一个具体的形式——身体——重新出现，这个身体的外部与被感知到的内部相匹配"这种情况的恐惧（Schoenfeld，2014：106）。这种有关返祖的幻想被夸大了，以至于公众对被侵犯的恐惧可以被利用，以此来构建这些极端排外的身份边界。因此，深黑色肌肤婴儿的降生被比拟为"越界者身份曝光的潜在根源"（Schoenfeld，2014：106）。

哈莱姆文艺复兴时期的黑人作家也在那些描写种族危机的越界小说中将黑肌肤婴儿作为"文学表现中的一种重要变体"（Schoenfeld，2014：106）。莫里森将故事的背景，尤其是卢拉·安的出生和艰难的成长阶段设定在20世纪90年代——所谓的新自由主义时代和针对身份危机的挑战爆发多种族运动的高峰时期。直到卢拉·安的母亲眼看着女儿的皮肤由出生时的苍白变成蓝黑色，她才意识到自己是个越界者。她之所以能越界，是因为从外表上人们看不出来她是黑人。现在，对于她——一个持有越界者身份的母亲而言，生出深黑色肌肤的婴儿就是随时暴露她真实身份的定时炸弹。如果人们知道她是一个黑皮肤婴儿的亲生母亲，他们就会知道她也是黑人。卢拉·安的肤色足以让她父母的越界身份在社区中人尽皆知。最重要的是，她的降生也让这对夫妻"赤

第一章 旧黑人的越界

裸相见"。她黝黑的皮肤终将使她的父母失去现有的社会地位。

虽然种族关系在后民权运动和后吉姆·克劳法时代有所改变,但是甜甜还是发现自己总是焦虑不安。她的不安全感和对于越界的渴望与在一个种族主义社会中缺乏稳定的家庭或栖身之所不无关联。她感到非常尴尬和羞愧,甚至一度想"用毯子捂住她(女儿)的脸"按下去,而不是在公共场合承认卢拉·安是自己的女儿。卢拉·安也使她的母亲和父亲路易斯之间的关系变得复杂和混乱,某种意义上,是她的出现挑拨了父母之间的关系,使他们的婚姻"支离破碎"(Morrison,2015:5)。在他们争论女儿的黑色皮肤是如何遗传的以及从谁那里遗传的之后,两人都成了肤色陷阱的受害者(Crawford,2008:26)。卢拉·安的蓝黑色肌肤作为一个泄密的标记暴露了她的黑人祖先(并加剧了人们对异族婚姻的恐惧),这是她的父母都不敢承认的事,因此他们对她的出生感到震惊和难以置信。由于害怕被贴上"黑人"的标签,他们都想放弃自己的部分身份,而这些被放弃的确是他们本该拥有的健康的种族自豪感或自尊感。

人们做出跨越肤色界限决定背后的原因,除了社会经济动机外,还包括尊严、良好的自尊感和种族自豪感的缺失。返祖的孩子体现了一种可能性或不可避免的现实,即返祖孩子的"一系列血源特征"可以暴露潜在越界者的秘密宗谱或黑人祖先（Schoenfeld，2014：106）。为了保护自己不被指责或打破布莱德可能是婚外情的私生子的猜忌，布莱德的母亲谴责她的丈夫和他的家族，声称他们应该为女儿的黑色皮肤负责。甜甜的丈夫离开了她，因为她对他说"布莱德的黑色皮肤一定是来自他的家族，而不是自己的"（Morrison，2015：6）。出于愤怒，路易斯抛妻弃子，离家出走。甜甜最终接受了女儿是黑人这一事实。她对卢拉·安出生时的描述与杜波依斯回忆儿子出生时的情形非常相似。她接受了女儿出生的事实就像杜波依斯接受了儿子的出生一样："我说，他裹着面纱来到这个世界，面纱之下笼罩着一个黑人和一个黑人的孩子"（du Bois，2017：39）①。然而，正如科内尔·韦斯特（Cornel West）所言，杜波依斯将他儿子的出生和随后的悲惨死亡描述为在白人至上主义的美国社会中黑人生活的缩影，设法唤起一种"救死扶患的希望"。在他儿子弥留之际，他看到的"不是结束"，而是"光明揭开面纱"的迹象（West，1999：572）。从杜波依斯与儿子的命运达成妥协

---

① 像詹妮·琼斯（Janine Jones）这样的评论从甜甜女儿的出生和未来发展中也读出了类似宿命论的观点，这一点呼应了杜波依斯所接受的事实：他的儿子生来就是黑人，在像美国这样的种族主义社会中，他儿子所要过的生活在出生时就已经注定了（Jones，2005：218）。

第一章 旧黑人的越界

的努力中，韦斯特解读出杜波伊斯对痛苦的坚忍和对未来的希望（West, 1999：573）。

在新的吉姆·克劳法的影响下，始终穿越种族界限的甜甜对其女儿也有着杜波依斯般的忧虑：她将女儿深黑色皮肤与一个本质上被剥夺了社会流动性的暗淡的未来联系起来，却没有意识到种族关系在 21 世纪初取得巨大进步，这一进步给了像布莱德这样通过自我塑造脱颖而出的千禧年的新黑人提供了新的可能性。他们彰显了新黑人欣然接受他们拥有无限潜力的精神。尽管这个时代充满了警察暴力以及针对黑人和其他少数族裔的暴力和谋杀，但也见证了黑人在各行各业的巨大成功，奥巴马在白宫取得的成功就是这个时代的进步和象征。黑人成功和向上流动的成功案例主要取决于主张和运用黑人种族身份的能力，布莱德在她成功的商业生涯中就是这样做的。例如，奥巴马的成功归因于他能够越界并宣称自己是黑人、是多种族的超然身份，但他没有声称自己与非裔美国人有种族血缘关系，因为他不是奴隶的后代。他生命中最有影响力的人，比如他的母亲和祖父母，都有白人血统。奥巴马不得不在黑与白之间斟酌权衡，通过"种族平衡的方式"向前推进（Hobbs, 2014：274）。由于无法预见像布莱德这样的千禧一代的新黑人在新千年的前景，甜甜在独白的最后借用了大卫·布拉德利（David Bradley）的一个术语——"无色屈服"（achromatic resignation）。布拉德利将无色主义定义为一种信念体系（希腊语中"a-"表示"无"，"chroma"表示"颜色"）。"在该体系下，在这种出身论的社会背景下，我将无法完成任何事情、发现任何事情、获得任何事情、继承任何事情或放弃任何事情，我所做的一切都抵不过肤色给我的人生带来的影响"（Martin，1988：38）。就像凯恩（Cain）所言，卢拉·安的黑人身份将成为她终身的债务，成为她余生都必须背负的十字架。我们将会看到，这种屈服与新黑人的精神背道而驰。甜甜想象着女儿的未来或许就像法农（Fanon）所说的那样——成为一个内在或外表的永恒受害者，而实际上无论是母亲还是女儿都对此无能为力。无论年轻还是衰老，布莱德都必须扮演黑人的角色，去践行新的种族主义预言和神话。在对布莱德的细致入微的刻画中，莫里森重塑了从旧黑人到新黑人的越界者形象，以此解决当代的种族身份、母女关系和向上流动的问题：越界这一行为是如何成为对种族的否定以及越界行为如何对母女关系造成影响（Bennett，2014：144）。布莱德不得不去适应历史给黑人带来的身份负担，尽管她会挑战身份的种族建构，但却无法反驳它，也无法将自己从种族强加的新黑人身份建构中解放出来；再者，真正的问题是种族主义及其对小说人物幸福感的负面影响。当面对种族质询时，他们不得不重构自己的生活。

第二章　越界成为新黑人

不管他是否喜欢,那个黑人都不得不穿上白人为他裁制的衣服。

——弗朗茨·法农

第一节　负罪感与羞耻感

这部分论述是从布莱德的角度出发。布莱德讲述了她和男友布克分手后的故事。布莱德的男友称布莱德并不是他想要的女人,要与她分手。遭受这一突如其来的打击,布莱德用融化的液体来形容她当时如同被肢解一般的心如死灰的感觉和丧失主体性的状态。布莱德认为布克的离去是对她人格的全面否定,她为此而自责,尽管她是白手起家的成功黑人女性的代表,但她还是认为自己有缺陷——不够漂亮(Morrison, 2015:8)。最重要的是,布克对她说"你就不能有自己的想法吗",以此来责怪她没有独立思考的能力（Morrison，2015：8）。布莱德和男友分手的场景让读者联想起《恩惠》（*A Mercy*）中弗洛伦斯和铁匠分手的一幕。铁匠诋毁弗洛伦斯的方式类似于布克对待布莱德的方式。当铁匠想要与弗洛伦斯分手并把她赶出他家时，他一字一句地对弗洛伦斯说道："你就是一个纯粹的野蛮生物。毫无底线！缺乏思想！"（Morrison，2008：139）这种评价再现了对于"奴隶"一词的传统理解，认为奴隶就是没有思想，甚至没有肉身的物品，是彻彻底底的野蛮生物（Akhtar，2014：42）。他还指责她全无理性，缺乏理智，说道："你的脑中空无一物，你的身体卑贱狂野"（Morrison，2008：139）。铁匠将弗洛伦斯的主观能动性降格为一个被种族化了的客体（Akhtar，2014：42），而布克则给布莱德描绘出一个本质主义者的身份，否认布莱德具有任何理性思考的能力以及主观能动性。

然而，与布克的分手并不意味着布莱德末日的到来，这并不妨碍她专注于事业并履行她的承诺。她变得更加积极主动，并决定去拜访索菲亚·赫胥黎（Sofia Huxley）。这一拜访曾是被一再推迟的历史遗留问题。当年，赫胥黎曾被控犯猥亵儿童罪，布莱德出庭指证，赫胥黎被判入狱。实际上，为了能赢得"母爱"，为了能与母亲更为亲近，布莱德当年做了伪证。女儿出庭指证的行为让母亲十分骄傲。另外，布

第二章 越界成为新黑人

莱德的母亲希望女儿通过出庭作证来赢得社会的认可,让这个以白人为主导的社会能更容易接受布莱德的存在(而不是轻视或蔑视),事实也的确如此。由此,为了取悦母亲、迎合这个社会以期获得认可,布莱德做了不利于赫胥黎的证词。尽管"关于赫胥黎猥亵儿童的其他证词还有很多",但都是毫无根据的,没有任何具体的证据(Morrison,2015:30)。事实上,赫胥黎是无辜的,对她的判决也是错误的。布莱德意识到自己所做的不利于赫胥黎的证词大错特错,她为此充满负罪感。这是一个潜在的给她带来羞耻感的源泉,她觉得有必要去纠正它。

正如笔者之前在对莫里森的研究中所指出的,负罪感和羞耻感是莫里森最近的一些作品中人物(如《家》中的弗兰克·莫妮)背后所隐藏的两个主观性因素(Akhtar,2014:134-138)。① 在《天佑孩童》一书中,母亲和女儿都经历了两次让她们感到羞愧的经历。甜甜敏锐地感知并且经历了外界给予她的羞耻——别人观察性的或评判性的注视使她感到无地自容,作为母亲,她羞于承认布莱德是自己的亲生女

---

① 此处可参阅 J. 布鲁斯·博森(J. Brooks Bouson)的《保持沉默:托妮·莫里森小说中的羞耻、创伤和种族》(*Quiet as It's Kept: Shame, Trauma, and Race in the Novels of Toni Morrison*)。该著作深入探讨了莫里森从小说《最蓝的眼睛》到《天堂》中的关于羞耻感的各个方面。

儿。另外，布莱德的羞耻感源自内心，这种羞耻感使得她在做决定时（无论过去还是现在）会考虑道德因素，以纠正自己的错误。这对母女都受到贝尔·胡克斯（bell hook）所定义的"种族化羞耻感"（racialized shaming）所带来的负面影响，这种羞耻感可能源自接纳标准、源自对美的认知、源自言语攻击或身体攻击。胡克斯认为这些是"种族攻击的核心组成部分"（Stockton，2006：9）。莫里森笔下的大多数人物，比如弗兰克·莫妮（Frank Money），都无法接纳自己，也无法与他人正常交往，除非他们能够接受自己内心的负罪感。和布克分手后，布莱德因暴露在负罪感之下而感到羞愧。这种羞耻感不是来自个人行为本身，而是来自于这些行为有牵连的团体成员（Tillet，2012：91）。她意识到自己对于破坏索菲亚的人生负有责任。为了弥补过错，为了帮助索菲亚出狱后的生活"有一个好的开始"，布莱德准备了一个"真我女孩礼盒"和"两个信封——薄的信封里装着航空公司价值三千美元的礼券，厚的信封中装着这几年攒下的五千美元现金。如果索菲亚服满刑期，那么刚好每年刑期大约价值200美元"（Morrison，2015：20）。这是她履行的对自己的承诺，做一个"乐善好施"者，但结果却适得其反。当索菲亚搞清楚站在她面前的布莱德就是卢拉·安·布莱德维尔，那个当年作伪证的"孩子之一"时，她当即给了布莱德

第二章 越界成为新黑人

一顿暴打（Morrison，2015：48）。

当布莱德试图从索菲亚带给她的打击中恢复过来时，她沉思着："没有任何迹象表明她在攻击我。我永远都不会忘记它。即使我试着忘却。但是，那些身体上留下的伤疤，更不用说心理上所遭受的耻辱，也不会让我忘记"（Morrison，2015：29）。她所说的严重的身体创伤正是她所遭受的耻辱。她发现那些耻辱的记忆才是最难以治愈的（Morrison，2015：21）。她记得儿时的自己是多么依赖母亲、多么渴望她的爱和关心。最重要的是，她希望妈妈能抱着她，这样她就能感觉到来自母亲的抚摸。"抚摸"在莫里森小说中是一种主观性媒介。[①] 触摸复原了小说人物的自我形象，奠定了人际关系的基础，使母女关系更加牢固和值得信赖。布莱德一直都知道她的母亲并不喜欢抚摸她："我曾经暗暗希望她能扇我耳光或是打我屁股，这样我至少能感受到她的碰触。我会故

---

① 想要全面研究莫里森小说中的"触摸"，尤其是《爵士乐》一书中有关"触摸"的研究，请参阅笔者在第二章"《爵士乐》中跨越代际的困扰和触摸的魅力"中的讨论（Akhtar，2014：71-78）。借助伊瑞加雷（Irigaray）的诗词学中的触摸，笔者对《爵士乐》中的抚触是一种反抗的姿态、是一种恢复自我形象和恢复主体性的姿态等有所论道。在马克·C. 康纳（Marc C. Conner）的《托妮·莫里森的美学》（*The Aesthetics of Toni Morrison*）中一篇名为《托妮·莫里森与美丽方程式》（*Toni Morrison and the Beauty Formula*）的文章中，凯瑟琳·斯特恩（Katherine Stern）还论述了触觉对视觉的重要性。她的结论是，基于相互尊重的概念，莫里森的抚触美学是相互的，这使它成为一种具有解放意味的姿势。

意犯些小错,但她总有不碰触她憎恨的皮肤也能惩罚我的法子"(Morrison,2015:31)。由于害怕母亲的报复,布莱德缺乏安全感,当恐惧主导一切时,服从是"唯一的生存之道"(Morrison,2015:32)。为了让母亲骄傲,她变得顺从,并指证索菲亚·赫胥黎:"我做得很棒,我知道,因为在审判结束后,甜甜对待我的方式就像个妈妈一样。"(Morrison,2015:32)

第二节 新黑人的着装

布莱德被赫胥黎攻击后,她变回了昔日的自己,变成了"从不还手的卢拉·安。从不"(Morrison,2015:32)。她看着镜子里自己被打得青一块紫一块的脸,想起了杰里关于如何能靠着"黑皮肤"赚钱的建议。她征求过他的意见,以便更好地管理自我形象,推进事业的发展。杰里为布莱德的配饰和妆容出谋划策,根据他的建议,布莱德应该只佩戴白色珍珠首饰。作为白人女性的符号——珠宝或其他配饰,佩戴在黑肌肤的身体上会形成强烈的色彩对比。正如丽莎·B.汤普森(Lisa B. Thompson)在谈到康多莉扎·赖斯(Condoleezza Rice)和她精心挑选的珍珠首饰时所观察到的那样,"许多白人女性虽然也佩戴这些首饰,但黑人女性身体的存

第二章 越界成为新黑人

在改变了它们的象征意义和引起共鸣的方式"（Thompson L.，2009：7）。通过让布莱德只着白色的服装，杰里试图重新定义她的个性，通过彰显她的黑色来体现她的与众不同。通过强调布莱德的黑人身份和身体特征，杰里使布莱德变得极为显眼，但也因此暴露了布莱德试图越界的意图和她的种族。为了获得社会流动性、声望、安全感和地位，非裔美国人不得不穿某些款式的衣服和鞋子。历史告诉我们，那些想穿得像淑女的美国黑人女性，尤其是穿着白色服饰的女性，"遭到了那些想要把她们置于原地，从而将她们排斥在体面社会之外的人的恶意攻击"（Willet，2013：49）。传统上来说，白色服装象征着温婉、天真、纯洁，而这些与白人女性联系在一起。所有这些理想唤起了清教徒式和维多利亚式的价值观。[①] 然而，当白色被非白人的布莱德挪用以增强她的性吸引力、欲望化或情色化时，这一目的与黑人穿着白色衣服的初衷背道而驰。黑人女性穿着白色衣服，只是显露出隐藏在白色衣服下的黑人女性的性本质（Ziegler，2016），而不是象征自己的纯真，也不是真正成为身着白裙的"新娘"。

---

① 在经典小说《了不起的盖茨比》（*The Great Gatsby*）、《藻海无边》（*Wild Sargasso Sea*）、《钟形罩》（*The Bell Jar*）中，白人女主人公都穿着白色的衣服来表现她们的贞洁、温婉、忠贞和纯真。这些白色连衣裙还反映了清教徒和维多利亚时代的价值观。

考虑作者对"Bride"的称呼是双关语，还使人联想到布兰妮·斯皮尔斯（Britney Spears）、克里斯蒂娜·阿奎莱拉（Christina Aguilera）和碧昂斯（Beyoncé）等流行文化的"新娘"（Hobson，2012：53）。甚至包括退伍军人在内的非裔美国人，也因为"无意中通过接受体面的社会规范而颠覆了社会规范……继而经常付出悲惨的代价"（Willet，2013：22）。例如，那些穿着阻特装，似幽灵般困扰着莫里森小说《家》中的主人公弗兰克的人实际被视为"种族叛乱者"。这些"种族叛乱者"如今昨日重现般地出现在像特雷沃恩·马丁（Trayvon Martin）和其他叛逆青年一样，成为身着连帽衫的一代人，而连帽衫本身也成为那些四处闲荡、无所事事、被认为有罪和被怀疑对象的象征。到目前为止，连帽衫还没有成为抗议白人权力结构的象征。据克劳福德（Crawford）所言，特雷沃恩·马丁惨死后，连帽衫成为"年轻黑人男性在警察暴行面前缺乏保护的标志"（Crawford，2017：第一章）。

杰里是一个形象设计者，他诱使布莱德按照白人标准和对白色的想象的严格标准来约束自己的生活。布莱德遵从杰里的要求——穿并且只穿着白色，只会让她成为衣服的殉道者、成为色彩主义的奴隶，莫里森将其描述为感官和外表的双重奴役。用白色覆盖布莱德的身体只会增加白色和黑色的强烈对比。对白色的过度迷恋强调了她自身的黑（Crawford，2008：4）。白色作为"颜色的默认值"增强了布莱德深黑色身体的种族化反差和种族化特征（Fleetwood，2015：63）。这一色彩差和耀眼的黑色让读者想起了在《柏油娃》（*Tar Baby*）一书中，吉丁惊讶于集市上一位身着"金丝雀般黄色长裙"的女人的黝黑之美（Morrison，2004：45）。吉丁发现自己像店里的其他人一样被她的美貌"惊呆"了（Morrison，2004：45）。她想知道她之所以被这个女人吸引是因为她的身高，还是因为她"焦油一般黑的皮肤和淡黄色的裙子"之间的强烈对比？（Morrison，2004：45）玛戈·娜塔莉·克劳福德（Margo Natalie Crawford）提到了这样一个场景：当吉丁——一位像布莱德一样年轻有为的模特和企业家，她"爱上"了或者"正在爱上"这位穿着雀黄色衣服的黑人女人那"难以复刻的美丽"（Crawford，2008：98）。吉丁发现自己"总是期待着再次遇到那个穿着雀黄色裙，柏油般黑的手指握住三个白色鸡蛋的女人"（Morrison，2004：46）。克劳福总结吉丁对"穿黄色衣服的女人"的迷恋是因为她羡慕那个女人的"焦油"般的黑色肌肤，这种"令人目眩神迷的效果"就如同布莱德和格蕾丝·琼斯（Grace Jones）在"白色衣服映衬下"的蓝黑色的皮肤一般（Crawford，2008：98）。根据克劳福德的说法，这种迷恋"根植于对所有异国情调的事物的渴望之中"（Crawford，2008：98）。同样地，杰里不仅通过将布莱德性感化，让她变得极为显眼，从而不但创造了色彩主义者的等级制度，还通过她的服装和对白色的物化来凸显她的与众不同。根据弗利特伍德（Fleetwood）的说法，"色彩主义者的等级制度以神话般的白色为测量标准，而将黑色作为其彻头彻尾的对立面"（Fleetwood，2011：第二章）。杰里要求布莱德只穿白色衣服，这一行为暴露了杰里想用白色服装来遮盖布莱德的身体，或者让她穿上附加的"白色皮肤"来漂白她黑色肌肤的愿望。服装，尤其是白色的服装，只不过是"人造的次生皮肤"（Stockton，2006：44）。"Clothing"一词源自古老的英语单词"clitha"，意为"膏药"，用于平滑肌肤、缓解酸痛或消炎抗菌（Stockton，2006：43）。杰里认为自己最了解黑肌肤的布莱德适合穿什么。他称自己是一个"整体设计师"，这表明他完全有能力决定她的形象，他坚持要求她从头到脚只穿白色来展示她黑色肌肤的身体（Morrison，2015：33）。

作为一个文化代理商，杰里将布莱德塑造成黑白相间的形象，这是一种新风尚或新的文化符号，让人联想到《柏油娃》里的吉丁一样皮肤黝黑的黑人女性，以及像格蕾丝·琼斯这样的超级明星，她们的外形多变又时常打扮得接近于中性（Crawford，2008：1）。通过投射永恒的白人标准，杰里

第二章 越界成为新黑人

凸显了布莱德不同的种族印记。黑色身体着白色服装也明确了当代女性美的观念以及它所具有的吸引力①。当提及黑人时尚名人，如伊曼（Iman）身着一席白色装束，登上《时尚》（Vogue）等流行杂志的封面时，贝尔·胡克斯（bell hooks）说道：肉体暴露于旨在唤起兴趣的白色服装中，而穿着白色服装的又是一位黑人模特（hooks，1992：72）。换句话说，在黑人女性的身体上表现出的异域风情的美总是被指摘、被强化（Thompson B.，2008：20）。像伊曼这样的黑人模特成了性别神话或种族主义神话的受害者，成为"被那些白人元素篡改的黑人女性是野蛮人的最佳化身，白人元素弱化了她（黑人女性）的形象，赋予了她一种美德和纯真的光环。在种族化的情色想象中，她是处女和妓女的完美结合，是一个终极荡妇"（hooks，1992：72）。胡克斯认为，"后现代主义观念认为，黑人女性的性感是被构建的，而不是天生的或固有的，伊曼的职业生涯就体现了这一观念"

---

① 根据丽莎·B. 汤普森（Lisa B. Thompson）的说法，像康多莉扎·赖斯（Condoleezza Rice）这样的黑人女性"只选择佩戴白色的配饰挑战了公众想象中黑人女性的形象——私生活不检点"（Thompson，2009：7）。布莱德对精心挑选的白色配饰的喜爱将她与这种黑人女性气质联系在一起，尤其使她与伊曼（Iman）等标志性的黑色时尚名流进行对话。在我看来，她只穿白色服装的形象尤其让她与格蕾丝·琼斯多次佩戴白色配饰的表演有着密切联系。布莱德的深黑肌肤的身体与白色服装的对比与琼斯的黑白对比有着同样强烈的效果。

(hooks，1992：72)。布莱德这一角色或者说她的经历也体现了类似的后现代观念或新黑人身份。读到她时，你会发现，黑人身份的新形式和新意义就在她的角色中诞生。

第三节 新黑人与先驱者

杰里把布莱德塑造成新黑人的决定与在男性主导的社会中那些著名的黑人女性们及其身体的表现方式相吻合。这种将黑人女性打造成"野味"以此强化黑人的外来主义形象的行为早已融入西方文化的想象中（Thompson B.，2008：29）。从最早的黑人维纳斯，以及她与经纪人 S. 瑞克斯（S. Reaux）等人的关系——他以"动物展览者"的身份向欧洲人展示了维纳斯黑色肌肤的身体，再到贝克[①]（Josephine Baker）和格雷斯·琼斯等人竭尽如此。例如，丽莎·E. 法灵顿（Lisa E. Farrington）观察到，当约瑟芬·贝克在纽约和巴黎表演了她的一些知名节目如《巧克力纨绔子》（*Chocolate Dandies*）、《黑人滑稽戏剧》（*La Revue Negre*）和《疯狂牧羊女》（*Folies Bergere*）时，她的声名鹊起助长了白人对于

[①] 约瑟芬·贝克（Josephine Baker，1906—1975），生于美国的圣路易斯，是美国黑人舞蹈家、歌唱家。曾红以其性感大胆的舞蹈和柔美的歌声遍法国，也是世界上第一个"黑人超级女明星"。——译者注

第二章 越界成为新黑人

沉溺于原始欲望的幻想（Farrington，2005：73）。贝克在法国的一场表演中裸露上身，除了她那臭名昭著的"香蕉裙"外，几乎什么也没穿。贝克敏锐地意识到自己是白人对于黑人的原始本性幻想的化身，尤其是对于黑人女性欲望谬见的幻想。贝克的表演包括"像一只受伤的瞪羚被倒挂在强壮的马提尼舞者的背上"，让狂热的白人观众兴奋不已（Farrington，2005：80）。根据法灵顿（Fareington）的说法，琼斯"趋近流行文化的肉欲和中性风格的展现让她完美地化身为传说中的耶洗别（以色列国王亚哈之妻），而嘻哈艺术女歌手，如福克斯·布朗（Foxy Brown）和莉儿·金（Li'l Kim），在专辑和宣传照片上近乎裸体的展示和具有挑逗性的姿势，实在挑战了得体的极限"（Farrington，2005：20）。

模特们和演员们，如格蕾丝·琼斯，采用了一些特定类型的身体形象，并根据这些形象来进行她们的身体表演。据蒂亚·福尔曼（Katya Forman）所言，琼斯展现了她"真正的自然之力"，为了展现她"赤裸裸的性感"，她"总是试图通过精心挑选的配饰来进一步增强她原本就很强大的肉体诱惑力"（Grace Jones）。福尔曼认为琼斯是蕾哈娜（Rihanna）[1]

---

[1] 蕾哈娜（Rihanna），1988年2月20日出生于巴巴多斯圣迈克尔区，在美国发展的巴巴多斯女歌手、演员、模特。——译者注

和史蒂芬妮·乔安妮·安吉丽娜·杰尔马诺塔（Lady Ga-ga）①等歌手的"精神教母"，这和莫里森小说中虚构的布莱德的情况一样，她的设计顾问杰里建议她要增强自己外在的吸引力。福尔曼称赞琼斯"在她演出的时候总有一两套美丽至极的服装"，这是她的经纪人和曾经的搭档让·保罗·古德（Jean-Paul Goude）的功劳。古德被"琼斯那原始的、令人难以置信的优雅"所吸引，并负责将"这位歌手以最具吸引力的形象展现出来"（Katya，2015：51）。在琼斯的表演中，最引人注目的是一场"2009年纽约汉默斯坦舞厅"举办的演出。在这场演出中，琼斯戴着白色头饰，穿着"白色的，斑马一样的部落服装"，惊艳全场（Katya，2015：51）。事实上，那套白色的服装勾勒出了她黑色的迷人身材，增强了她的异域风情。在杰里眼中，白色条纹的服饰增强了琼斯异域的吸引力和潜在魅力，她"奥利奥"一般的美感，布莱德也可以如此。

古德和杰里的相似之处在于他们以相同的套路进行形象设计。布莱德和琼斯的相似之处是如何根据这些男人投射的

---

① Lady Gaga，原名史蒂芬妮·乔安妮·安吉丽娜·杰尔马诺塔（Stefani Joanne Angelina Germanotta），1986年3月28日出生于美国纽约曼哈顿，美国女歌手、词曲作者、演员、慈善家。——译者注

意象来不光彩地展示他们的身体。① 古德和杰里都创造性地运用策略来强化被策划者的种族差异，将她们发展成种族偶像（Fleetwood，2015：57），两位形象设计者都把黑人女性当成物品一般进行包装。古德承认"比起实实在在的女人，他对虚拟的角色更感兴趣"（Foremam）。杰里也旨在增强布莱德的虚幻角色，从而在她身上植入了过多的种族形象，将她包装成他的幻想对象。作为一名经纪人，他想通过增强布莱德的种族化吸引力来美化和夸大她的黑。和古德一样，杰里很容易受到布莱德的蓝黑色肌肤的异域风情的影响。他与布莱德的关系暴露了后种族主义的谬论，因为他不断通过动物意象让布莱显得更具有异域风情，并使她成为供人们尽情消费享乐的欲望对象。杰里使用的词汇来源于糖果和动物学，他把布莱德比作"bonbons"（小糖果）。这是一个双关语，因为"Bonbon"是"bonobos"（倭黑猩猩）一词中字母颠倒后重新组合的词汇。倭黑猩猩是一种最常与黑人和他们的欲望联系在一起的灵长类动物，因为人们普遍认为黑人（女性）的行为是不检点的（Peterson，2013：6）。

---

① 杰里对布莱德的兴趣类似于古德对琼斯的兴趣。按照古德的说法："琼斯的造型所蕴含的力量，实现了从近乎怪诞的风格，转变为伟大的非洲之美。你不停地凝视着她，想知道她究竟是美还是丑，或者两者兼而有之，但却怎么可能既是美又是丑呢？"（Crawford，2008：98）

很明显，历史上将黑人与猿类进行比较是为了证明将他们物化为商品、贩卖为奴隶和被归为下等阶级的合理性。借用法农式的表述，杰里将布莱德的身体罩上一种"具有历史意义的种族图示"，从而强迫她接受"一个种族表皮图示"（Fanon，2008：84）。历史意义的种族图示或动物图式是由"上千个细节、逸事、故事"组成，让读者和布莱德意识到在图式背后"有传说、有故事、有历史，最重要的一点是有史实性"（Fanon，2008：84）。现代黑人的种族主义形象就是由这些元素和史实性构成的。保罗·泰勒（Paul C. Taylor）指出了一些"对黑人的去人格化的处理"及其在艺术文化和视觉文化中的表现，并将之称为"客观的审美策略"。这种策略作用于形象和叙事两个层面（Taylor P.，2016a：第二章）。形象层面是表现主体和他/她的操纵者之间的辩证关系，操纵者使用"存在于文化档案和剧目中的各种种族主题"来构建他/她的主观性（Taylor P.，2016a：第二章）。因此所建构的主题是一个涉及形象及其表现的问题（杰里将根据形象及其时下的意义对布莱德进行归类）。操纵者意识到了存在于种族形象构建中的紧张关系，它像钟摆一样在升华和诋毁之间摇摆（Fleetwood，2015：66）。泰勒声称，这种形象化背后的动机可能是：我如何能通过将主体人物置于基于刻板印象和固定形象的种族主题或者形象中，从而压制或改变人物个性？或者说我如何重新塑造主体人物，从而使其种族形象在当下的背景

第二章 越界成为新黑人

中发挥作用,进而通过这种展现使主体人物资本化?第二个层面是第一个层面的延伸,它涉及"用一种方式而非另一种方式构建表现形式的现实条件及其建构后果"(Taylor P.,2016a:第二章)。在这里,针对主体建构问题的假设性的回应可以考虑角色如何为表演添加元素或者这种添加在现实世界的可实现性。形象层面涉及刻板印象、讽刺漫画和固定的人物形象,这些形象通过使黑人变得不可见、超可见和性欲亢奋来降低他们的主观性。黑白混血儿、四分之一混血儿、黑鬼、小黑鬼、奥利奥、福利女王[1]、托普西[2]、桑巴舞[3]或

---

[1] "福利女王"是美国的一个贬义词,指那些涉嫌通过欺诈或操纵手段获取过多福利款项的女性。关于福利欺诈的报道始于20世纪60年代早期,出现在《读者文摘》等大众杂志上。从那以后,这个词一直是一个带有污名的标签,而且通常针对黑人单亲妈妈。自从1996年联邦政府启动了"贫困家庭临时救助"(TANF)计划后,美国妇女就不能无限期地依靠社会福利生活了,但这个词仍然是美国关于贫困人群的一个比喻。——译者注

[2] 托普西是作者哈里特·比彻·斯托的小说《汤姆叔叔小屋》中出现于小说后半部分的黑人小孩,是一名不知来自何方的"衣衫褴褛"的奴隶女孩。当被问到是谁造了她时,她既不认为是上帝,也不认为是她的母亲,"我想我是自己长出来的,我不相信有谁造了我"。在后来,她被小伊娃的友爱转变了。托普西通常被视作黑人小孩原型的起源。——译者注

[3] 桑巴舞起源于非洲。"桑巴"一词据说从非洲的安哥拉第二大部族基姆本杜语中的"森巴"演变而来。"森巴"原是一种激昂的肚皮舞。顾名思义,这种舞蹈以上下抖动腹部、摇动臀部为主要特征。这是安哥拉最流行的一种舞蹈动作,后来随着贩卖黑奴活动的兴起而开始向外传播,从17世纪30年代到19世纪中叶的300多年中,葡萄牙殖民者从安哥拉和非洲其他地区向巴西贩卖黑奴1200万人。在把黑奴塞进船舱运往新发现的大陆拉丁美洲的时候,白人奴隶贩子担心路途遥远,黑奴在船舱中一窝几十天,到岸时腿脚不灵便,卖不出好价钱。因此,他们就每天把拥挤在船舱中的黑奴赶到甲板上,以敲打酒桶和铁锅为伴奏,让他们跳一通森巴舞,活动筋骨。这样,殖民者本想增强黑奴这种特殊商品的竞价力的举动,就把这种流行于非洲的舞蹈无意中带到拉丁美洲。——译者注

复仇木偶人（ooga booga）①等刻板印象反映了"现代种族主义传统中与黑人有关的特征"（Taylor P.，2016a：第二章）。这些对黑人刻板印象是基于"反黑人的原型化偏见"而形成的，其目的是凸显黑人的低劣和身体特征（Taylor P.，2016a：第二章）。

第四节 新黑人与刻板印象

和杰瑞一样，布莱德的助手布鲁克林也沉迷于具有异域风情的种族主义建构。两者都使用名称、刻板印象和动物形象等元素进行种族主义构建，这些元素都很常见且具有很高的识别度，并已融入种族主义原型中。这些形象更加微妙、更加隐晦，它们是后种族主义主导话语权下的"操纵形象"（controlling images），不仅歪曲了反黑人暴力的现实，而且篡改了其在当下的表达方式和意义（Frankowski，2015：12）。这些形象使观众无法透过外表看到本质。也许莫里森的观点与帕特丽夏·希尔·柯林斯（Patricia Hill Collins）的观点类似——为了与制度性种族主义作斗争，必须消除植根于白人

---

① 《复仇木偶人》是美国一部都市喜剧电影，讲述的是无辜黑人男子被有种族歧视的白人警察杀害后，灵魂附在木偶人身上报仇的电影。冤冤相报何时了，但是如果不是因为有种族歧视，也就不会有复仇的故事了。——译者注

想象中的"操纵形象"。在《他者的起源》(*The Origin of Others*)一书中,莫里森强调了形象的力量,这种力量"总是决定着人们对形象的塑造,有时成为形象塑造的一部分,并常常玷污知识"(*Morrison*,2016:第二章)。她把自己为控制对形象的玷污造成的恶劣影响所做出的努力称为"人类的工程——保持人性,阻止去人格化和陌生化"(Morrison,2016:第二章)。对黑人的刻板印象加剧了这种去人格化的过程。这些刻板印象深植于西方文化之中,让人们对现代的种族思维有了更深刻的了解。人们将"他者种族"构建为一种外来物种,从而使得对那些种族的刻板印象生生不息。有色人种"一直是被表现的对象,而非主体或创作者。因为种族主义常常决定谁能首先获得表现的机会,谁有行使陈述能力的权力"(Childs,2009:16)。因此,对于黑人女性的身体及其身体的代表性问题一直与种族偏见紧密相连。这一点,在作为种族偶像崛起的黑人名人,如约瑟芬·贝克(Josephine Baker)、罗斯(Ross)和琼斯(Jones)身上表现得尤为突出。她们的身体和表演经常与种族化地与身体有关的事情联系在一起(Fleetwood,2015:71)。例如,贝克之所以广受欢迎,是因为她穿着带有豹纹并且裸露的服装,从而呈现出一种异域风情。贝克(因其动物形象装扮)和其他黑人模特,如罗斯和琼斯(因其穿着白色服装)之间的联系是显而易见的。

格蕾丝·琼斯（Grace Jones）最出格的表演之一是在她的法国前夫、艺术家让·保罗·古德（Jean-Paul Goude）设计的艺术表演中扮演"笼子里的动物"（Hobson，2005：97）。琼斯在笼子中的表演创造了一种极致而又老套的模仿效果——将黑人女性的身体和兽性联系在一起（Hobson，2005：97-98）。根据杰尼尔·霍布森（Janell Hobson）的说法，如果不是因为长期以来把黑人形象塑造成动物的传统，把琼斯装扮成一只强健的老虎似乎是一场具有颠覆性的表演（Hobson，2005：98）。她进一步指出，"黑人女性的欲望被描绘成一只老虎的力量和诱惑力，也许暗指艺术评论家里亚姆·克肖（Miriam Kershaw）所说的在欧洲贸易和殖民主义之前和期间，非洲某些地区的皇室中的老虎和豹子的力量象征"（Hobson，2005：98）。杰里就像他的前辈古德和保罗·科林（Paul Colin）所做的那样，利用黑人女性来制造种族和性的谬见。正如安吉拉·哈里斯（Angela Harris）所主张的那样，杰里本不应该再给布莱德赋予动物形象，而应该尽力将"动物与非洲裔之间的对立"进行去形象化处理，进而促进一种人道主义的"体面政治"（Peterson，2013：7）。

正如贝克、罗斯、琼斯和布莱德所广泛展示的那样，黑人女性狂野不羁的形象强化了对黑人女性群体的谬见——认

第二章 越界成为新黑人

为她们在个人生活方面不够检点且行为粗野。黑人女性被描绘为怪诞的，不正常的和荒谬的，尤其是与白人女性或白人标准的审美相比（Yancy，2008：114）。黑人女性的气质与西方理想中的美丽和优雅的女性气质完全相反。在历史上，这些黑色的躯体曾像动物一样在拍卖会上被审视、被检查、被评估。莎拉·巴尔特曼（Sarah Baartman）①，也被称为黑色维纳斯（Black Venus）或霍屯督（Hottentot）② 人，她的形象作为原型"构成了人们对黑人（女性）身体的白色认知取向"（Yancy，2008：92）。她是最早证明白（纯洁、善良、无辜）与黑（不纯洁、邪恶、古怪、罪恶）之间辩证关系的例子之一（Yancy，2008：94）。在杨西看来，"巴尔特曼是白色想象中的奇异幻影"，她的身体（有着巨大而又笨重的臀部）成了一个"实施扭曲、分散和集中的规训力量"的场所（Yancy，2008：92）。

---

① 萨尔特杰·巴尔特曼（Saartje Baartman）是一名来自现属南非地区的土著女人。1810 年，巴尔特曼被带到伦敦，随后在欧洲各国展览，而科学家们则去研究她为何会如此的丰满。这种亵玩并没有与这个 26 岁的生命一同消失，一直到 2002 年 8 月，巴尔特曼的性器官和大脑依然被保存在巴黎的人类博物馆。从 20 世纪 80 年代初开始，南非人就要求将巴尔特曼的遗体归还南非，迫于社会各界的舆论压力，人类博物馆最终将遗体撤出展台。1992 年，南非总统尼尔森·曼德拉（Nelson Mandela）发出了要求归还遗体的正式要求，但还是等待了 10 多年，法国才归还了遗体。2002 年 8 月 9 日，巴尔特曼终于安葬在南非的故土。——译者注

② "霍屯督"是欧洲白种人对非洲黑人的蔑称。——译者注

按照杰里的建议，布莱德将自己的身体商品化并展示给人们，这一做法实际上仿照巴尔特曼的经历。更为有趣的是，早在布克把布莱德的美当作自己的加拉泰亚（Galatea）①欣赏之前，杰里就将布莱德的身体当成加拉泰亚的身体（牛奶般白皙的皮肤）般赏析了。就像安德烈·李（Andrea Lee）的小说《莎拉·菲利普斯》（*Sarah Phillips*）中的主人公莎拉，她参加一个名叫加拉泰亚的比赛，在比赛中，她裸露着身体站在木制盒子上，慢慢地旋转身体，供人们品评。布莱德也屈服于她的皮格马利翁——厌恶女性的杰里，他将布莱德身上特有的、其他女性欠缺的东西展现给人们（Thompson L. 2009：32）。据丽莎·汤普森（Lisa Thompson）所言，"加拉泰亚那无可挑剔的可爱，让人惊为天人，但如果用在黑人女性身上，那完全是另一回事"（Thompson L.，2009：132）。当人们客观地凝视那黑色肌肤的身体时，就会发现眼前这个供他们凝视的对象和理想中的少女相去甚远（Thompson L.，2009：132）。布莱德作为艺术家的创作对象——加

---

① 加拉泰亚（Galatea）是希腊神话中塞浦路斯国王皮格马利翁的妻子。皮格马利翁不喜欢塞浦路斯的凡间女子，决定永不结婚。他用神奇的技艺雕刻了一座美丽的象牙少女像，在夜以继日的工作中，皮格马利翁把全部的精力、全部的热情、全部的爱恋都赋予了这座雕像。他像对待自己的妻子那样抚爱她，装扮她，为她起名加拉泰亚，并向神乞求让她成为自己的妻子。爱神阿芙洛狄忒被他打动，赐予雕像生命，并让他们结为夫妻。——译者注

第二章 越界成为新黑人

拉泰亚,她的表演引发了有关黑人女性的原型——巴尔特曼,还有贝克和琼斯一类的其他前辈与他们的经纪人之间一系列复杂的交流。布莱德身体的商品化使她与其他前辈人物化成了供白人男性或他们的经纪人娱乐的对象。她们都变成了令人魂牵梦萦的性幻想对象。黑人女性身体的历史一直和外来的或者说外来性行为的种族化建构有关。黑皮肤的身体成了人们好奇和诋毁的对象。巴尔特曼既令人厌恶,又富有魅力,她成了人们低级趣味的幻想对象,成了社会上的下等阶级。在欧洲白人的想象中,黑人女性的身体,尤其是巴尔特曼的身体,被创造出来是为了"消除除了妓女外的黑人女性在私生活方面存在异常的可能性"(Yancy,2005:252)。根据克里斯托弗·彼得森(Christopher Peterson)和乔治·扬西(George Yance)的说法,这充分说明了18世纪和19世纪的话语权以及白人对黑人身体的霸权,尤其是在19世纪后期,女性特征总体上被贴上病态的标签。在当时,黑人女性"很容易被视为具有霍屯督黑人女性的兽性特征"(Peterson,2013:30;Yancy,2005:94)。最典型的例子是巴尔特曼,她的身体像动物一样被展示。同样,杰里和巴尔特曼的经纪人之间也有相似之处。后者的经纪人是"一个名叫雷奥斯(Reaux)的野生动物驯兽师",他用一种在生理方面凸显巴尔特曼种族特征的方式,将其当成一种野生动物来展示

（Yancy，2008：96）。巴尔特曼还成为法国著名博物学家乔治·居维叶（Georges Curvier）① 的研究对象，他将巴尔特曼同猩猩和猿等动物作对比，以突出"黑人女性的野性"（Yancy，2008：98）。巴尔特曼成为一种尺度，通过这种尺度，白人可以将自己定义为美丽、纯洁和道德优越感的象征，而黑人则是丑陋的、低俗的和不道德的象征（Yancy，2008：93）。

　　杰里也是一名动物展览家。他将布莱德的黑肤色身体从动物意象角度进行色情化地呈现，影射了历史上黑人女性像动物一样的形象（Yancy，2004：114）。与白人女性和肤色白皙的女性相比，如果不将布莱德的身体以动物式、野兽式的形式展现，他就无法让布莱德唤起人们的幻想（Yancy，2004：114）。当代的种族主义是一个巧妙设计的诡计，它以讽刺、恭维的外衣作为掩饰，让人们难以察觉。只要一有机会，它就会浮出水面。有意识或无意识地用令人反感的、侮

---

① 乔治·居维叶是一位国际知名的解剖学家，他在破除围绕人体而产生的迷信和无知方面居于权威地位。居维叶之所以对巴尔特曼产生兴趣，有两个原因：首先，他想搞清她的臀部是由脂肪还是由骨骼组成的（他已经得出结论是脂肪组织）；其次，他想检查她的生殖器官，这也是当时科学研究会对其怀有巨大兴趣的地方。后来居维叶写了一篇论文，在其中他把这种身体特征解释为"霍屯督人"和澳大利亚土著人一样更接近于动物而不是人的深层依据。——译者注

辱性的、带有种族色彩的类比和语言来证明自己的存在。就连布莱德的助手——这个世界上她唯一可以信任的人，也把布莱德那张被打得青一块紫一块的脸比作丑陋的猩猩，将黑人与猿猴进行种族主义化的对比："最糟糕的是她的鼻孔和猩猩的一样大"（Peterson，2013：26）。作为成年人的布鲁克林，表现得和布莱德上学时候在她桌子上摆上一堆香蕉，并刻意模仿猴子嘲弄她的同学一样（Morrison，2015：56）。这就是莫里森如何批判那些后天习得的、通过训练学会的、被制度化的种族主义，即使人们成年之后也难以忘却。

黑人女性与白人女性的对比凸显了莫里森在《黑暗中的游戏：白色与文学想象》（*Playing in the Dark：Whiteness and the Literary Imagination*）中所展现的黑人与白人的二元对立。莫里森试图通过杰里和布莱德之间的关系来说明这种对立。杰里对待布莱德的方式是将其还原成一种本质的表现。她被描绘成比她的白人同伴更性感，而那些白人必须脱光衣服才能获得和布莱德一样的性感。"脱光衣服"意味着裸露，让自己赤裸却毫不羞耻。对黑人裸体形象的展示一直是西方舞台上的特色，黑人女性赤裸的身体一直是彰显"西方白人女性美丽、温婉、道德和文明的理想参照物"（Thompson B.，2008：27）。正如霍顿斯·斯佩勒斯（Hortense Spellers）所指出的那样，黑人女性的身体作为一个参照物，对于神化白人女性至关重要。传统观念认为，女性的纯洁度与皮肤的白皙度有着密不可分的联系（Zackodnik，2004：107）。与布莱德黑色肌肤的身体相比，在以白人为主导的文化认知中，作为美丽的合法象征的白人女性的身体则不那么性感。根据杰里的厌恶女性主义的逻辑，其他人羡慕布莱德的财富和她所取得的成功，但是她们缺乏吸引力，这意味着，她们只能靠赤身裸体才能博得关注，彰显她们那本已弱不禁风的实力。

在历史上，白色一直被认为是美的标准，黑人女性的存在只是为了将"白人女性的气质更加理想化"（Fleetwood，2011：第三章）。作为新黑人，布莱德通过强化"她的种族差异的标记"，使得白人和浅肤色的女性产生想要跨种族的冲动，从而颠覆了传统的"白即是美"的谬见。有着丰满身材的布莱德突破了"白人女性身体和女性气质规范的边界"（Fleetwood，2011：第三章）。黑人女性的成功（如贝克和布莱德）"表明人们对原始和文明的态度发生了重大转变，并且对事物的'野蛮'和'污秽'有了新的认识。这些品质仍然与带有'异域色彩'的黑肌肤身体联系在一起，只是这一次人们以一种羡慕的眼光看待，却仍然表现出一种嘲弄的口吻"（Hobson，2005：95）。白人认为黑人身体能更好地展现出野性的动作，这与他们庆祝异域风情的原始文化息息相

第二章 越界成为新黑人

关,就像贝克与保罗·科林（Paul Colin）,琼斯与古德,杰里与布莱德,所有这些模特的经纪人都将模特的身体简化为这种刻板印象。将黑人女性与野生动物进行比较,一方面是通过完全的动物化;另一方面是通过完全的女性化来使得黑人女性的身体具象化。用莫里森在《柏油娃》（*Tar Baby*）中的话说,所有这些经纪人都是这些有悖常理的"异国风情的缔造者"。以杰里为例,实际上,他通过将这些女人剥得一丝不挂而享受羞辱他们的乐趣,就像恋童癖者通过将儿童视为他幻想的对象而获得满足。

爱丽丝·霍尔（Alice Hall）称莫里森根据定义者和被定义者之间相互排斥的等级关系来定义理想的美（Hall, 2012：54）。为了延伸这一论点,我们可以以经纪人和主体人物之间的关系作为说明,比如古德和格蕾丝,杰里和布莱德。为了超越殖民背景或范畴的限制,区分凝视者、定义者、殖民者和话语者十分重要。依亚娜·万赞特（Iyanla Vanzant）认为,美国还没有完全接受"黑即是美"这一观点,"所有种族的女性生来都是为了取悦男性,而男性控制着我们所看到的意象……他们根据自己对美与丑的认知来区分这些意象。此外,黑人女性必须牢记,这些男性大多是白人,他们从欧洲的角度来思考所要理想化的东西"（Vanzant, 2005：239 - 240）。杰里想在视觉上展示布莱德的身体,以此来增强她

"奥利奥"般的美感。我们可以从《柏油娃》中索恩的角度来理解杰里和布莱德的相遇。索恩认为,非裔美国人被"当成一种装饰品用来推销和展示"(Morrison,2004:129)。他还看到了阿尔玛·埃斯特(Alma Estee)戴着红色的假发的形象,一系列怪诞、离奇的装扮如何映衬了她的黑:"她甜美的脸庞,如夜空般深色的皮肤完全被头上戴的红色假发破坏了意境,看起来极为可笑,活像一只涂着口红的美洲豹,或是一颗戴着耳环的牛油果"(Morrison,2004:231)。杰里希望增强布莱德的"黑色皮肤"的异域吸引力,因为"这种黑色是新黑色"(Morrison,2015:33)。杰里提出的新黑色方案,是对超现实主义观念"黑即是美"的一种拓展。根据克劳福德(Crawford)的说法,莫里森的小说《最蓝的眼睛》《柏油娃》以及《天佑孩童》属于莫里森后黑人艺术运动视野的一部分。当黑人的真实性不再体现在深色的皮肤上,混杂性也不再体现在浅色的皮肤上时,"黑色的皮肤搭配蓝色的眼睛","红色的假发搭配午夜般黑色的皮肤",黄色或白色的裙子搭配蓝黑色的皮肤,都可能成为一种超现实的黑色之美(Crawford,2008:111)。就如《柏油娃》中的新黑人吉丁一样,她向瓦勒里安坦言道:"毕加索比伊坦巴面具更好"(Morrison,2004:64),布莱德也心甘情愿地让杰里侵占了她的黑色。她让杰里把她具体化为新黑人——一

第二章 越界成为新黑人

个知道自己的选择和决定的含义的新黑人。布莱德不在乎杰里的种族恋物癖是想要通过让她只穿白色衣服和戴白色配饰来将她的身体异域化,反而坦然接受了自己的奥利奥身份,将其作为新黑人的超现实之美的一部分。

第三章 奥利奥化新黑人

把人类和那些很显然是非人类的人区别开来,这件事是如此紧迫,以至于人们的注意力转移并聚焦于堕落的创造者身上,而非堕落者本身。

托妮·莫里森,《他者的起源》

第一节 新黑人美学

杰里所提出的"黑人即是新黑人"(black is the new black)是对进化种族主义一种新形式的研究。在后种族和后黑人/新黑人意识形态的时代,旧的公开的种族主义形式已经在社会和科学层面不再为人们所接受。因此,"种族主义已经从一种公开的形式转变为一种较为隐蔽的和不易为人们所察觉的形式"(Shavers, 2015: 91)。这也反映出我们应如何适应并应对这种新的、隐蔽的种族主义形式,并在一定程

第三章 奥利奥化新黑人

度上体现了当下成为新黑人的意义所在。莫里森揭露并纠正了一种倾向于将黑色识别为种族标记、生物学特征或文化建构的思维定式。就像罗恩·谢弗斯（Rone Shavers）告诫人们要提防隐蔽的种族主义一样，莫里森似乎也在告诫人们，杰里是否主张新黑人并不重要，布莱德所具有的属于"黑人的生物学标记的事实会引发人们对于她的种族主义的猜想，这种猜想可能是随意而为之、可能幼稚到可笑，甚至可能是彻头彻尾地充满敌意"（Shavers，2015：89）。

莫里森提出的新黑人概念是一种对黑人的表现、黑人的身份，以及具有多面性和变形性的黑色的更为宽泛的理解。它提出了一系列关于黑色化身、后黑和新黑人的美学。从法农（Fanon）著名的"黑色永远是黑色"（因为黑色总是可见的）到"黑即是美"的思想，杰里所定义的新黑人微妙、细腻、带有种族色彩且十分神秘。从表面上看，他为布莱德如何利用和营销她的黑人身份以成就个人事业出谋划策，并帮助布莱德成为一名成功的企业家。杰里利用布莱德的不同之处，塑造她的"黑白配"的形象，旨在增强她的黑和"奥利奥"形象的异域化色彩，并将她视为具有商业价值和经济效益的对象。作为布莱德的设计师，杰里的主体地位让他成为了布莱德的黑色特征的仲裁者，他成功地教会了布莱德如何"贩卖"自己的黑色特征。这一主体地位暴露了他的种族倾向和种族认同感，尤其是在凝视关系方面，如凝视者和被凝视者、注视者和被注视者、定义者和被定义者、殖民者和被殖民者、奴隶主和奴隶此类二元对立的关系中，白人始终处于主导者的位置。在这种种族权力关系和这种主体与客体地位下，主导文化凝视的幕后操纵者被认为是一个权威白人男性的形象。杰里占据着控制和决定布莱德的台前形象以及幕后形象的主导地位，这反映了法农式的分裂[①]，黑人意识的破裂以及黑人经历的现实状态，是种族统治和黑人臣服的特征所在。显然，杰里想方设法塑造布莱德的异域形象，这使她失去了种族认同感和主体性。布莱德成为杰里控制的傀儡、成为种族主义审美的受害者。据乔治·扬西（George Yancy）的说法，白人一直享有凝视者的特权以及作为凝视者所享有的一切权力，尤其是在白人种族主义社会中（Yancy，2008：xviii）。

杰里致力于通过强化黑肌肤身体的奥利奥特征并展现其异域吸引力的方式来营销布莱德。他所说的只准佩戴白色的饰品与布莱德的外表关系不大，更多的是与她的种族和性别

[①] 法农认为自我认知与主体身份的断裂是造成黑人精神分裂的原因，而掩埋其下的是黑人的文化传统被西方文明所侵蚀带来的黑人对自身文明的自卑和对白人文明的崇拜。黑人正是在白人的殖民体系中所遭受的种族、政治、经济以及文化的压迫下才丧失了主体性，对自己的身份认知产生了混乱。——译者注

第三章 奥利奥化新黑人

有关。她的深黑肌肤的身体完全受制于强加给她的白人的价值观及白人的容装规范,完全服从于所谓的"全人"的着装和外表的终极权威。布莱德之所以成为奥利奥(Oreo),是因为她认识到杰里有执行这种分类的权威和权力。布莱德接受自己作为奥利奥的种族身份;同时,如何进行自我人格塑造、如何塑造都受制于为了在社会中取得成功的压力。她希望获得更大的社会流动性,因此她无法质疑这种强加给她的身份。奥利奥作为肤色越界者的一种隐喻揭示了种族的动态,以及它如何从外部运行、如何从内部体验。布莱德接纳了白色并且她越界成为奥利奥的行为表明她作为成功企业家或新黑人的本质不在于她的个人品质,而在于她对于自己扮演白人的认可,以及杰里(和那些面试官)对此的认可。

杰里将黑人定义为新黑人是总结了各个时代以来黑人的进化历程,这一历程承载着关于黑人及其性别传统的历史表征。服装在一定程度上呈现"黑即是美",增强了黑人的自然美(Crawford,2008:68,82)。以布莱德为例,只穿白色衣服是一种"被贬低的美学"或"奥利奥美学"(Stockton,2006:64)。佩戴白色饰品和穿着白色服装与布莱德与生俱来的主观意识相背离。布莱德通过越界成为奥利奥,这与刻板的审美凝视有着密不可分的关系。奥利奥已经成为了新黑人的隐喻,就像是"黑即是美"的表演中的变装和场景一样

(Crawford，2008：82）。布莱德意识到自己的种族差异，她扮演并生活在种族化的形象中，乐于展现她那具有奥利奥异域特征的黑，并在自己的塑造者——杰里眼中证实自己的种族归属。杰里打造了一连串的黑白意象，这种意象将布莱德的种族差异缩小到人人可见的肤色差异，这种比拟最终以黑白反差极大的动物形象——"雪中黑豹"达到高潮（Morrison，2015：34，50）。在他的恭维话语中不难发现种族主义的成见或偏见。莫里森与弗利特伍德（Fleetwood）观点一致地指出与黑人名人或种族偶像有关的黑肤色特征或新黑人的崛起"更多是在否定的表征空间中被解读"（Fleetwood，2015：71）。弗利特伍德补充道："无论是在历史上还是在当下，黑人获得权力、财富和更多可能性的渠道十分有限，黑人名人偶像一直在和这种现状作斗争"，原因在于"受奴隶制的历史和黑人作为商品被买卖和剥削的历史的影响，黑人名人不得不与人们对于黑人商品化的迷恋作斗争"（Fleetwood，2015：71）。"雪中黑豹"的意象是一种具有讽刺性的恭维，唤起了黑的力量和黑的美丽。这一意象立足于非人化的刻板印象，黑奴就是被当作动物看待。布莱德的动物形象与琼斯的老虎形象有着相似之处，这两种形象都是基于将黑人形象打造成异域动物的这一悠久传统而塑造的（Hobson，2005：98）。

第三章 奥利奥化新黑人

就像法农在他的开创性作品《黑皮肤，白面具》中所反复强调的：在白色想象中，黑色代表着对立面（Fanon，2008：163）。布莱德并非是因为作为一个具有独立人格的人而获得认可，获得认可的只是她的外表而已。用乔治·扬西（George Yancy）的话来说，白人是正题，黑人永远是被用来与白人作对照的反题（Yancy，2004：9）。这种与他者（尤其是黑人作为他者）的比较互动，为"黑格尔著名的唯我论思想奠定了基础。唯我论就是通过主奴关系中的辩证认知而形成的"（Yancy，2004：198）。佩吉特·亨利（Paget Henry）认为，黑格尔的唯我论的本质是自我意识，它需要通过另一个次等自我的媒介来传递（Henry，2004：62）。事实上，这种自我实现是在经过他人承认或认可之后而产生的。黑人次等性的形象来自于奴隶主的凝视，他们和杰里一样，在主奴关系中占据主导地位。在这种经典的交锋或认知辩证法中，奴隶主的凝视表现出"种族凝视的否定力量"（Henry，2004：62）。这种交锋或认知辩证法始于表层，但是渐渐地，它不但渗透到奴隶主的认知中，而且还增强他们对于自我白人身份的肯定。而对于黑人来说，这增强了他们对于黑人次等身份的认可，让他们深陷刻板印象和对于他们动物性的隐喻之中（Henry，2004：67）。正是这种主体间的交锋粉碎了黑人的身体形象或主体性。这个表皮图式就是一面镜子，通过它，奴隶主可以维护他的白，同时否定并将黑人贬低为一种黑暗的兽性物种。根据法农的说法，"黑色皮肤不再是判定黑人的标准，白人的认知才是"（Judy，1996：56）。这意味着白人的凝视可以使一个人变成黑人，即使他/她的皮肤并不是黑色。

布莱德不仅是黑人，而且是奥利奥，她外面是黑人，而内心是白人。尽管作为黑人在获得社会经济机会中不再受到限制，但一些新的越界模式让黑人愿意成为所谓的奥利奥（Kennedy，2008：177-178）。奥利奥是越界者的一种隐喻，就好像杰里为布莱德创造了奥利奥的身份，暴露了她的越界行为、她的内心世界，从而强化了可见性问题或"身份构建中的世俗化问题（内部和外部——身份和肉体——应该相互匹配）"（Nerad，2014：9）。种族越界打破了固定身份的观念。它成为一种手段，而凭借这种手段人们可以通过宣布出柜，承认自己秘密的跨种族性取向，而不是像隐藏的恋物癖一样把它们藏起来（Crawford，2008：80，169）。它凸显了一种文化焦虑，即根据社会界定的身份将人划分为诸如黑人、同性恋者、娘炮和未出柜者等。

第二节 新黑人与身份

布鲁克林像个古怪的侦探,总想知道布莱德和赫胥黎之间发生了什么。她想知道布莱德目睹的所谓虐待儿童的场景是否只是"亲眼看到她(赫胥黎)猥亵儿童",她希望布莱德能透露自己小时候是否被赫胥黎猥亵过(Morrison,2015:48)。布鲁克林认为布莱德和那些害怕承认过去,刻意隐瞒性别取向的同性恋一样,但是布莱德很显然否认了布鲁克林关于她是一个与赫胥黎有着非自然关系的、"不敢告诉别人自己是同性恋"的暗示(Morrison,2015:48)。也许,布鲁克林就是想打探布莱德的个人生活,因为她小时候曾被她的叔叔侵犯过(Morrison,2015:139);又或者,她只是敦促布莱德公开自己的性别取向,因为她们所在的公司是由各种各样身份的人共同运营的,其中有"双性恋者、异性恋者、异装癖、同性恋者和其他任何认真打理自己外表的人"(Morrison,2015:48)。在一个不再迷信性别取向的世界,她敦促布莱德公开自己的秘密身份,而不要害怕被曝光、受迫害或丑闻。① 她想知道布莱德小时候是否有过难以启齿的经历，她是否是那种"渴望地、偷偷地或无意识地被金钱、性别、种族、隐藏的同性恋和想象中的天真所迷惑"的孩子（Stockton，2016：505）。谈到伊丽莎白·毕肖普（Elizabeth Bishop）的作品，弗兰克·比达（Frank Bidart）表示，"不出柜就要自我隔离，因为人们可能知道或怀疑自己是同性恋，但在异性恋社会公开谈论这件事通常会被认为是失控或愚蠢的"（Dickie，1997：146）。如今，奥利奥作为越界人物的比喻，涵盖了那些隐藏身份或性取向的人。它揭示了主

---

① 玛戈·娜塔莉·克劳福德（Margo Natalie Crawford）在《稀释焦虑和黑色菲勒斯》（*Dilution Anxiety and the Black Phallus*）一书中探讨了《告诉我》（*Tell Me*）中詹姆斯·鲍德温（James Baldwin）和同性恋。根据克劳福德的说法，鲍德温坚持认为"黑即是美"和"黑人是同性恋"之间并不冲突。她还提到伊芙·塞奇威克（Eve Sedgwick）。伊芙回忆起全国公共电台对20世纪60年代为"黑人出柜的十年"的讨论。回到鲍德温，克劳福德认为鲍德温在《告诉我》中探讨"种族的衣橱"和"性取向的衣橱"的不可分割性时认为鲍德温所谓的"出柜"不只是对黑人权利运动的比喻。布鲁克林暗示布莱德应该从她的衣橱里出来，是否在延伸"衣橱"的隐喻？莫里森留给读者思考的，"在其他类型的儿童酷儿中"是否涵盖斯托克顿（Stockton）所提到的以"隐藏的同性恋孩子为原型的"同性恋和酷儿（Stockton，2016：507）。斯托克顿还称"隐藏的同性恋孩子"是一种"拖延的生物"，只有在某些事、某些其他人在"衣橱"中出来后，他们才"宣称自己出柜"。斯托克顿在《儿童酷儿：二十世纪的横向成长》（*The Queer Child*：*Or Growing Sideways in the Twentieth Century*）一书中将酷儿定义为原生同性恋儿童。也就是说，在一个人十几岁或二十几岁的时候，无论何时（父母）对孩子被认定为异性恋者的计划夭折，"同性恋儿童"就可能相应地产生："我不是异性恋者，那么我是同性恋"的想法（Stockton，2009：6-7）。

第三章 奥利奥化新黑人

流文化对那些决定是否出柜和承认他们越界或扮演某种身份的人所带来的压力（Sánchez & Schlossberg，6"引言"）。越界暴露了一个人的真实身份，揭露了越界者的真实面目，捕捉到了人们扮演着与他/她的客观和主观现实相冲突的身份，因为越界者假装成某种在他/她内心本不属于自己的东西（Nerad，2014：9）。越界者看起来并不像他内心所想，内心所想也与他们的外表不尽相同。布莱德理解成为新黑人的含义，也了解布鲁克林对她的看法以及杰里对于她奥利奥身份的文化凝视。

杰里和布莱德之间的交流也唤起了杜波依斯著名的、关于黑人"双重意识"概念的描述："双重意识"是"一种奇特的感觉……人们总是通过别人的眼睛看待自己，用一把看起来可笑且饱含怜悯的尺子来丈量自己的灵魂"（du Bois，2017：5）。杜波依斯双重意识的概念，即通过奥利奥的状态所呈现的黑人身份的复杂性与杰里和布莱德之间的交流有关。在这种交流中，"白人霸权在非裔美国人中产生了一种包含了对他人如何看待自己的自我意识"（Osucha，2014：135）。这种对个体如何被另一个人感知的意识包含了对这一个体的种族化主体性的意识，如布莱德种族化的主体性。她可以读懂杰里为使她成为具有异域特征的奥利奥而做出的努力，这些努力揭示了当代人对种族分类的兴趣，勾勒出法农式的历史种族图式（Fanonian historic-racial schema）。这种图式将布莱德的身体或她所代表着的黑色以一种新的形式呈现出来，将她当作一种陌生的新外来生物或外来生物样本（Yancy，2008：71）。

被比作异域动物的意义在布莱德身上依然存在。在历史上，人们将黑人的地位等同于动物，其目的是让黑人认识到其存在的价值。在布莱德心甘情愿地成为"杰里的白人设想的模仿者"之前，她可以读到杰里讽刺性的恭维背后的种族主义分类和设想。就像法农说的那样，布莱德发现自己所受到的审视，发现自己的黑色皮肤以及当下的刻板印象将她与祖先联系在一起，这一点在她发现自己沦落为一个既出卖黑人身份又出卖自己的身体的时候变得尤为明显。布莱德与小说《爱》（Love）中的"九十年代的女人"有着相似之处，这些站街女将她们的"成功"标榜为一种模式（Morrison，2005：4）。像"这些九十年代的女人"一样，她为了"成功"而出卖肉体，并且意识到自己的道德沦丧，也意识到道德的缺失与那套"皮肤越白皙，道德就越高尚"的价值体系有关。布莱德否定了杰里的黑白搭配的逻辑，把这种逻辑类比为"奥利奥"。她明白纯白色衣服背后的逻辑是基于自我贬低的美学原理，而不是为了增强自身的美感。斯托克顿（Stockton）表示，"用于装饰的饰物被视为人体自身的一种

第三章 奥利奥化新黑人

美感，但却会贬低穿戴者的价值，即便是穿戴者本人也可能会认为自己在受到赞扬"（Stockton，2006：64）。成为新黑人对布莱德来说并不是完全没有好处。她明白穿着白色衣服这种污名化的皮肤的意义，这让她彻头彻尾地从里到外都变成了奥利奥。根据图雷的说法，奥利奥本身是指那些排斥黑人的人（Touré，2001：33）。特雷·埃利斯（Trey Ellis）回忆起在20世纪80年代末的成长经历："在一天之内分别被称为'奥利奥'和'黑鬼'是件很平常的事情。"（Ellis，1989：11）根据马克·安东尼·尼尔（Mark Anthony Neal）的说法，无论是白人群体还是黑人群体都认为奥利奥"十分怪异"，因为奥利奥人既不是真正的白人，也不是真正的黑人（Neal，2002：111）。这是一个古老的、带有贬义和污蔑意味的表达，用来形容那些外表上是黑人但内心却是白人的非裔美国人。美国的白人用这种带有贬义的表达方式来贬低此类模仿白人行为的人，就像他们用椰子来形容加勒比移民。根据J.马丁·弗沃尔（J. Martin Favor）的说法，奥利奥这个词是对黑人身份真实性的质疑：

> 黑人的法律地位无论多么重要，在文化上都没有比人们日常生活中对自己的种族身份的体验更为重要。粗略地看一下这个话题就会发现，即使在法律的规定和限

制之外，对于黑的定义也在不断地被丰富、被监督、被侵犯、被质疑。当嘻哈歌手提醒自己和观众"保持黑人的特质"或"保持真实性"时，他们是在含蓄地暗示，存在一种可识别的、可重复的、一致认同的东西，我们可以称之为黑人的真实性。出于同样的原因，人们仍然可以听到"奥利奥"这个绰号被扣在某些人的头上；这个绰号通常作为一种侮辱，它表示这样的人外表是黑人，但内心是白人。这个术语旨在质疑一个人的真实性，无论其表现形式如何。一个深肤色的人可能"内在是个白人"，而一个浅肤色的人可能拥有"真实黑人"的所有品质。此外，"奥利奥"这一极具侮辱性的称呼暗示了对黑的定义本身除了黑色的皮肤之外，还有别的依据。(Wilkinson, 2013: 107)

借用法农式的表述，这些人想要漂白自己的种族，因为他们患有法农所说的表皮化或乳化综合征（epidermalization or lactification complex）。这也是德里达（Derrida）的白人神话概念背后的逻辑——演绎白人的生活，变成白人的样子或按照白人想要的逻辑生活。奥利奥不再像小说家科尔森·怀特黑德（Colson Whitehead）所诠释的那样："在十到二十年前，所谓的奥利奥，就是做你自己，做你想做的事，不介意

第三章 奥利奥化新黑人

别人怎么想。被称为奥利奥在当时和现在都是十分愚蠢的。人们越来越意识到这些分类的愚蠢性。作为一个真实的人,应该了解真实的自己,了解自己的怪异,然后去热爱自己所热爱的东西"(Touré, 2001: 55-56)。布莱德无法摆脱奥利奥化的诱惑或"恋色癖"。当布莱德试图按照法农所描述的"白人的白"来调整自己的生活方式时,她才真正意识到自己真实的外表,或者说是罩在脸上的面具。对于白色的定义揭示了布莱德在社交方面对白色的迷恋。莉莉亚·莫里茨·施瓦茨(Lilia Moritz Schwarcz)这样描述巴西人对白色的痴迷:

> 由于概念的灵活性,诸如"极白""白""白里透红""蜜糖白""深白""白皙""浅白""苍白""亚麻白""脏白""洁白""常规白""微白"等定义都表明一个伟大的设想是如何以象征性的手法表达出来的。当一个人不是白人时,他可以尝试成为白人(Schwarcz, 2015: 83)。

这不是批判盲目的消费主义,而是批判一个人如何在社会可接受的生活方式的规范中保持个性。布莱德成为内在肤色主义的受害者,她塑造了自己的存在方式,沦落为肤色主义的囚徒。在白色阴影下的生活使她经历了一次蜕变:"不管这个道理是否正确。它塑造了我,重塑了我"(Morrison,2015:36)。越界成为白人并不能让她成为"一个更好、更真实的自我"(Hobbs,2014:132)。越界给她带来了物质上的成功和社会特权,甚至是自我塑造的转型机会,但也让她付出了惨重的代价。按照白色的意象去生活,让她沦为了一个欲望的对象,除此之外,便什么也不是了。她的人际交往和种族关系仅仅是基于雄厚的经济基础,除了她的肉体和赚钱模式,没人在乎她的主体性,除了"我的肉体和金钱","没有人对我的思想感兴趣,人们只是关心我的外表"(Morrison,2015:36-37)。

第三节 新黑人与奥利奥

莫里森批评了对女性的客体化。尽管在小说中,黑人向上流动的问题似乎在种族层面上变得更加平等,但在女性努力让自己的主体性得到赏识和认可的过程中,这些问题仍然迫使她们不得不接受自己身体形象的商品化。例如,布莱德并没有质疑杰里的动机。她放弃了自己的选择权和主体性,通过让自身符合白人的审美标准,从而获得白人商界的认可。按照保罗·C. 泰勒(Paul C. Taylor)的说法,这种对白人美的标准的盲目崇拜，被他称为"以白人为导向的身体美学"或黑人身体美学。这种美学"等同于对人格和权利的剥夺，尤其是在男权至上和种族主义刻板印象依然存在的情况下"（Taylor P., 2016a：167）。像杰里一样，大多数人并没有把布莱德当人看，他们性别化她、客体化她、利用她，而不考虑她的感情或欲望。布莱德根据杰里的建议改变了她的选择、她的生活方式，甚至连饮食习惯也变了。她在心理上如此流畅地白人化，以至于她自己都没有意识到自身的改变。白色规训并塑造了她的身体和自我形象。她将白色内化到一种自我贬低的程度，以至于她的外表、思想甚至日常习惯都白人化。她想从白人化中获益，即使是以牺牲她的主体性和人格为代价。根据法农的说法，当黑人试图使自己的生活方式适应白人模式和风格，而不是以一种自然的状态去生活时，这种白人化的生活方式将会在"连珠炮式的谋杀"中侵蚀和否定黑人的个性（Yancy, 2004：204）。

同莫里森一样，法农也批评道，被种族化的人心甘情愿地妥协，用"白色面具"掩盖他们的黑。正如佩吉特·亨利（Paget Henry）所观察到的那样，"这些面具恰恰增加了黑人对白人认可的需求，而这种认可是需求者自身无法提供的"。这种需求不是为了确认一个人的黑人性，而是为了确认一个人的自我意识和自主性（Henry, 2004：67）。社会不会给予布莱德这种认可，就像《最蓝的眼睛》中的黑人女孩佩科拉一样，她成为无所不在的白人化意识形态表征的受害者，或者像乔治·扬西在他对《最蓝的眼睛》的研究中所定义的那样，佩科拉成了白人化审美的受害者（Yancy, 2004: 19, 29）。按照黑人女性的审美标准来改变自己的外貌是一回事，比如把直发作为精英地位的标志，再加上浅肤色，进而"最大限度地释放她们美的潜力"，进入上流社会，获得更大的向上流动性。但是，根据历史上已知的反黑人的白人化形象去改变一个人的外貌，这完全是另一回事。像佩科拉一样，她已经内化了这样一种假设，即白是社会接纳和社会审美的标准，是物质成功的关键因素。布莱德像佩科拉一样成为白色的囚徒，她在白人的话语权和白色力量的影响下塑造自己的生活。佩科拉买玛丽·简品牌的糖果，用印有秀兰·邓波儿①的杯子喝牛奶。和佩科拉一样，布莱德也试图通过吃白色食物和穿白色衣服来为自己摄取白色。对于佩科拉而言，秀兰·邓波儿是美丽的蓝眼睛白人女孩儿的完美代表，更为重要的是佩科拉用马克杯喝牛奶的仪式感。根据扬西（Yancy）的说法，"牛奶是白色的象征"（Yancy, 2004: 第五

---

① 秀兰·邓波儿（Shirley Temple, 1928—2014）出生于美国加利福尼亚州的圣莫尼卡，电影演员，美国著名童星。——译者注

第三章 奥利奥化新黑人

章)。这并不是说佩科拉"喝了那么多牛奶,而是因为她需要通过喝牛奶这一举动使自己白人化"(Yancy,2004:第五章)。佩科拉所追求的是牛奶的白色力量。也许牛奶的白色会引起一种蜕变、一种变体,让她从黑变白,从无形到有形,从毫无意义到有些意义。这一意图在佩科拉购买玛丽珍糖果,通过吃下白色的糖果让自己摄取白色的行为中也是显而易见的。这种天真的行为使得她自我怨恨、自我贬低。扬西引用莫里森关于佩科拉对白色渴望的描述来支持他的观点:

> 每个浅黄色包装纸上都有一幅画像。一幅玛丽·简的小头像,糖果就是以她的名字命名的。笑眯眯的白色脸蛋。金色的头发微微凌乱,蓝色的眼睛从一个干净舒适的世界向外看着她。那双眼睛任性、顽皮。而佩科拉只觉得它们很漂亮。她吃了块糖,甜味很正。吃了糖好像就吃了那两只眼睛,吃了玛丽·简,爱上玛丽·简,变成了玛丽·简(Yancy,2004:第五章)。

扬西补充说,"就像牛奶的白,这块糖被认为具有可以真正实现变形的力量,将佩科拉从黑人变为白人"(Yancy,2004:第五章)。白人的专制统治指的是"黑人内化了白人的价值观或白人的做法从而产生了某种形式的自我怨恨"（Yancy，2004：第五章）。

尤其是在西方，美容业对白色美的形象投入巨资，将白色美的概念商业化。面霜和美容香皂的广告利用并靠拙劣地模仿黑人来获得种族优势或白人至上的价值观。爱丽丝·霍尔（Alice Hall）举了一个阳光牌肥皂广告的例子：广告上有一个深黑肤色孩子的漫画形象，以此来说明肥皂的洗涤力能达到理想的、纯净的洗"白"的效果（Hall，2012：71）。莫里森谴责了白人美至上的审美理想，她认为对人体美的浪漫主义观念是"西方世界最愚蠢、最有害、最具破坏性的观念之一"（Stern，2000：58）。从《最蓝的眼睛》到《天佑孩童》，莫里森阐明了白人审美标准的破坏性影响。布莱德接受了杰里的建议，只穿白色衣服，同时经过白人教条的约束和灌输，使她汲取了一种否定自身存在的反作用力量。她成为一个无法抗拒白色诱惑的肤色主义者。像佩科拉一样，布莱德将白色美的诱惑性美学作为一种普遍的常态，充分地内化在她的日常生活中。她没有摆脱白人的专制统治，没有摆脱莫里森所形容的"肤色主义的自我毁灭"，而是屈服于白人的凝视，并试图按照杰里的建议来规训自己的生活方式，心甘情愿地成为白色至上思想的囚徒。借用福柯（Foucault）对性别分析的表述，布莱德屈服于"一种精心策划的、受主观价值影响的对自我价值的理解，并把这一理解深刻内化"（Yancy，2004：第五章）。通过严格的白人模式来规训自己，从而创造了一种极具破坏性的自我认同。她被"白"的逻辑所迷惑，这导致了她的主体性的彻底丧失。她成为一个在着装、行为、思想和感知等方面都白人化的奥利奥主义者；也许是为了变得更白，她甚至只点白色的食物吃。在寻找布克的途中，她在一家餐厅用餐，所点的东西如下：

"可以给我点一份白色的煎蛋卷吗？不加奶酪。"
"白色？您的意思是不加鸡蛋吗？"
"不，是不加蛋黄。"

在另一个场合，她为各种各样的白色痴迷不已：

起初，只买白色的衣服让我觉得很无聊，直到我渐渐发现白色也有那么多深浅不同的色调：象牙白、牡蛎白、雪花石膏白、纸白、雪白、奶油白、米白、香槟白、幽灵白、骨白。当我开始挑选饰品的颜色时，购物变得更加有趣了（Morrison，2015：33）。

和佩科拉一样，布莱德只欣赏白色、只吃白色的东西、只穿白色的衣服，并流露出她对于拥有白色美的渴望（Yancy，2004：第五章）。在南亚国家，如印度和斯里兰卡的部分地区，白色也受到青睐。在那里，孕妇习惯喝乳白色的椰子水，因为人们认为这样做可以让未出生的婴儿肤色变得更白。布莱德吃白色食物的习惯反映了一种类似的表皮情结，对于白色的渴望迫使她只吃白色食物、只穿白色衣服。杰里将布莱德比作外来动物意味着对她黑的升华。他像鉴赏家一样，用丰富的糖果词汇来凸显布莱德黑色的精髓所在。杰里对白色和黑色的比喻正是法农式的"表皮种族图式"："我从那些白人的脸上看到，走进来的不是新人，而是新的人种，一个新的物种"（Fanon，2008：87）。并不是因为她的名字是"Bride（新娘）"，她就应该总是穿白色的衣服，而是因为白色会给她"甘草汁般的皮肤"增添魅力，而作为新黑人，比起甘草汁，她"更接近巧克力酱"的颜色。人们每次看到她，就会想到生奶油和巧克力蛋奶酥（Morrison，2015：33）。每次见到她，他们就会想起异域情调和可食用的东西。难怪她无论走到哪里，都会迎来"惊讶和饥渴的目光"（Morrison，2015：34）。就像贝尔·胡克斯走进一家甜品店，看到一群白人，"他们指着那一排巨形黑巧克力做的乳房大笑起来，乳房上还有大颗的可食用的巧克力做的乳头"

(hooks，1992：61）。根据胡克斯的说法，这种新的黑人形象迎合了一种文化意象，这种意象旨在将黑人女性的形象重塑为一种极具诱惑力的商品（hooks，1992：73）。她补充道："这种新的表现是对当代人们对于种族形象迷恋的回应，那些具有异域情调的人愿意迎合人们对于种族和性别的刻板印象，愿意迎合人们的渴望。"（hooks，1992：73）

杰里大量使用动物意象，将布莱德异域化，使她成为"一种人与动物的混合体"（Peterson，2013：17）："全都是黑色和白色。像冰里的黑貂，雪里的黑豹。然后加上你的身材，还有那双狼獾般的眼睛，天哪！"（Morrison，2015：34）有什么是布莱德不能通过她异域风情的身体力量和魅力实现的？杰里将异域情调融入布莱德的装扮，成功地将布莱德的身体商品化。因为，"黑皮肤是种卖点，是这个文明世界里最炙手可热的商品。白皮肤甚至棕皮肤女孩得靠赤裸身体才能吸引到人们对黑人女孩的那种注意力"（Morrison，2015：36）。新黑色已经演变成为另一种优势。杰里认为，比起曾经被视为标准的白色皮肤，黑色皮肤更能激发欲望。这种破天荒的说法，令人回想起"曾经的刻板印象——黑人女性的私生活和放荡被视为一对同义词"（hooks，1992：69）。杰里通过强烈的反差——布莱德的黑，来打造她的特征。正如贝尔·胡克斯所提醒我们的那样，与其他女性相比，一个黑人女性的身体只有在被渲染成不检点的时候才会得到关注（hooks，1992：66）。根据特里米科·梅兰康（Trimiko Melancon）的说法，黑人女性被塑造成理想化的白人女性的极端对立面，以维持"规范化"女性模式的构建，哪怕这种模式是虚幻的，是人为构建的（Melancon，2014：18）。她补充道，比较而言，黑人女性作为其他物种游离于人们可接受的范畴之外，这与她们过度的、不正当的私生活有关，这些行为被视为违背了传统的行为惯例和道德惯例（Melancon，2014：18）。

根据梅兰肯的说法，在美国，人们已经将白人女性归类为"纯洁和缺乏欲望的象征，而黑人女性则是此推断的对立面"（Melancon，2014：30）。杰里将布莱德和不正当的低俗行为联系起来。他所说的"黑皮肤是种卖点"，指的是他们的身体卖点——黑色肌肤的身体和他们的身体特征都是商品。布莱德的黑作为一种商品，取决于装饰她身体的东西，而非她的内在。首先，布莱德展现了一种黑色，在杰里的眼里，这种黑是一种可以贩卖的商品。他将她的黑色皮肤以一种消极的方式色彩化，以区别于其他女人。接下来，他把布莱德设想成让白人女性和有色人种女性相形见绌的脱衣舞娘。杰里的厌恶女性逻辑同等地贬低了白人女性和有色人种女性。他让所有的女性都参与到一种竞争中。在这种竞争中,女性遭到贬低,抑或是被负面地、刻板地展现。作为形象制造者,杰里不仅创造并推动了投射在黑肌肤身体上的刻板形象,还增强了其夸张的异域风情,让黑妞不仅时髦,还让人们对其堕落和放荡的观念永存。面对布莱德的挑战,白人女孩和其他有色人种女性将不得不以裸体的方式作为卖点,以赢得关注。以过度裸露的方式加入这场竞争是女性终极堕落的象征。杰里限制了布莱德的自主权,抹杀了她的主观性,把她变成了一种具有最高市场营销价值的商品。

杰里对新黑人的构想以及他将布莱德商品化的尝试与贝尔·胡克思的观察相一致,即主流的美国文化对黑人的商品化正在打造"强势的、唯利是图的黑人女性"(hooks,1992:69)。[1] 曾经有一段时间,黑人女性必须呈现一种更强的风格、塑造一个更强的形象,以期获取关注和认可;现在,新黑人具有异域风情的外表对公司来说尤其有利可图。要想在商界和职场表现出色,她们必须有讨人喜爱的个性。布莱德接受杰里对她刻板印象的改造,以增强自己作为新黑人的社会地位,但为了获得更大的经济成功和更高的社会地

---

[1] 请参阅海伦娜·安德鲁斯(Helena Andrew)的回忆录《新黑人是婊子》(*Bitch is the New Black*)。

位，她欣然将自己奥利奥化。坚信只穿白色衣服是文化上的必然要求，其他的只会把别人的目光从她被杰里称为黑咖啡加白色奶油调色盘的身体上吸引走。布莱德之所以愿意受控于杰里，这一切都源自她的童年。这是下一章要探讨的主题。

第四章　新黑人的愁思

"这些孩子的血统已经被篡改了。"①

托妮·莫里森的曾祖母,《他者的起源》

第一节　"颠覆纯真"的迷思

布莱德在她6岁那年目睹了白人房东利（Leigh）先生对邻居家一名男童的虐待。她把这件事告诉了母亲，相对于为那个男孩挺身而出，母亲更为在意的是要保住她们目前租住的公寓，因为挺身而出就意味着她们会被房东迁怒而不得不再次寻找安生之所：

---

① 这是莫里森回忆自己的曾祖母来家中探望时，看到在后院玩耍的莫里森姐妹时说的话。曾祖母认为，莫里森姐妹的肤色已经不再是深黑色。——译者注

她不想听我讲小拳头或是毛茸茸的粗壮大腿,她对这些不感兴趣,她只想保住我们的房子。她告诫我说:"不要对任何人透露一个字,跟谁也不能说,你记住了吗,卢拉?把这一切都忘掉,管好你的嘴巴!"(Morrison,2015:54-55)

年幼的布莱德处于极度惊恐的状态中,她忘了把全部经过告诉母亲,包括她听到利先生发现她在偷看他时冲她大骂:"嘿,小黑婊子!关上窗户!给我滚开!"(Morrison,2015:55)这一幕对于6岁的布莱德来说是一生都难以释怀的创伤,并使布莱德在今后的人生中一次又一次地上演由此创伤引发的各种悲剧。从那之后,她听到过各种各样充满种族色彩的词语,这些词语"没有明确的定义,但是其含义却不言而喻",就像:"黑鬼、托普茜、煤渣、复仇木偶人"等等(Morrison,2015:56)。甚至她的同学们对待她都像对待一个怪胎,一个格格不入的东西,仿佛一滴墨玷污了一张白纸(Morrison,2015:56)。和"甜甜不让我把利先生的事说出去的理由一样——我可能会被扫地出门",布莱德因为害怕被停课或是开除同样不敢向老师倾诉,她让"那些辱骂和欺凌像毒药和致命病毒一样潜入血液,没有抗生素可以帮助抵抗"(Morrison,2015:56-57)。

第四章 新黑人的愁思

创伤在其发生的那一刻并不是完全可理解、可感知或可消化的。尽管人们并没有意识到创伤的存在,但是它仍然在那里,其在未来显露真容时会爆发出全部的破坏力,并"指向最初的创伤或指向人们最初对创伤的反应"(Barnaby,2017:39)。根据凯茜·卡鲁斯(Cathy Caruth)的说法,"迟来的经历"是"原始创伤的映射"(Caruth,1996:7)。根据创伤理论,布莱德的经历在指证索菲亚·赫胥黎的时候得以再现,对索菲亚的指证是对原始创伤场景的重演,因为她从最初创伤发生的那一刻起就一直抑制着关于它的记忆。鲁斯把原始事件发生的时间与延迟事件的爆发之间的时间间隔定义为"目击者的崩塌"(Gana,2011:161)。布莱德解释了指证索菲亚的行为是对曾经目睹利先生虐童事件的回应。正如卡鲁斯所指出的,创伤的经历会"一直固执地等待见证那些被遗忘的伤口重新被揭开"(Caruth,1996:5)。当年,年幼的布莱德并没有对这件事进行思考。起初,她并不知道,也无法理解最初受到创伤的情景。当她想要知道"真相"并且去"厘清"这件事情时,她把索菲亚·赫胥黎和利先生搞混了。她没有意识到,她实际上是再现了那件她必须要做出抉择的事情:"我在法庭上用食指对准的其实是那个房东?那个教师被指控所做的事情和利先生所做的一样。我要站出来指证他吗?"(Morrison,2015:56)对这位女教师的指控实际上就是对利先生及其令人发指的虐童罪行的指控。那位教师只不过充当了利先生所犯罪行的替罪羊。为了满足母亲的期待和社会的要求、为了取悦他们，布莱德并没有将矛头指向真正虐童的人，而是指向了那位无辜的教师。莫里森谴责了此类社会行为、谴责司法制度未能将真正的罪犯绳之以法，这些人才是危害儿童的罪魁祸首。她特别强调了虐待儿童的事件多发生于家庭内部，例如在《最蓝的眼睛》和《爱》这两部小说中，恋童癖者之所以没能引起怀疑，仅仅是因为他们在社区中享有很高的声誉和名望，被大家所信任，就像在《天佑孩童》中所描述的虐童者洪保德（Humboldt）（其名字让我们联想起小说《洛丽塔》中洪伯特教授），他甚至被认为是"世界上最好的人"（Morrison，2015：118-119）。其虚荣的外表下是黑暗、罪恶的内心。大于90%的虐童案都发生在亲属或邻里间，而这些涉案者多是人们所熟悉、所信赖的人。莫里森揭露了那些表面上看起来自视清高，私下却是虐待狂的人，同时还揭露那些成年人虐待儿童的令人毛骨悚然的怪异行为。她强调了虐待行为对青少年脆弱的心灵所造成的恶劣影响，以及虐待行为是如何渗透到受虐待者的内心世界并留下无法磨灭的永久印记（DeSalvo，1991：6），正如甜甜所言："你对待孩子的方式，会深深地影响他们，他们可能永远也无法摆脱"（Morrison，

2015：43）。

莫里森对虐待儿童的描述与弗吉尼亚·伍尔夫在其小说《寻找灯塔》(To the Lighthouse)中对虐待儿童及其对儿童的负面影响的描述具有相似性。拉姆齐(Ramsay)夫人就像《天佑孩童》中的叙述者一样，认为："孩子们永远不会忘记童年，也绝对不会忘记他们在童年生活中所遭受的侵害"(DeSalvo，1991：1)。无疑，孩子们的童年经历会影响他们今后的生活轨迹。童年是了解成年人心理构成的关键。詹姆斯·金凯德(James Kincaid)曾指出"我们的文化大肆宣扬童真的丧失"，却否认了有些成年人被弱势儿童所吸引并无情地对他们进行虐待的事实。(Kincaid，1998：75)莫里森和金凯德一样，在其早期小说，比如《爱》中就揭露了这些怪物的侵入性、掠夺性和偷窥性癖好。这些怪物专门迫害弱势儿童，并享受这种捕食并凌驾于弱势群体之上的权力所带来的快感，而这种权力隐藏在社会体系中，因为恋童癖者的真实面目总是隐藏在令人信任的人格之下，就像英国、美国或世界上其他地方的宗教部长。令人惊讶的是，《爵士乐》一书中的主人公乔·泰瑞斯(Joe Trace)因为其值得信赖而被描述成"一个友好的、与邻为善的、众人皆知的人。他是那种让你意识不到危险而愿意邀请他来家里做客的人，因为你曾见过他同孩子们相处，也从没听到过任何关于他作恶的流言蜚语"（Morrison，2004：73）。虐童问题研究专家爱丽丝·米勒（Alice Miller）认为，孩子们的脆弱无意中唤醒了虐童者的权力感和冲动，进而这些孩子成为他们精心策划的猎物。虐童者利用儿童的弱点吸引并利用他们以实施侵害，就像洪保德先生在《天佑孩童》中利用他的小猎犬来吸引孩子一样。虐童者扭曲的思想致使他们认为孩子需要他们想要给予的东西。凯瑟琳·斯托克顿（Kathryn Stockton）创造了"逆向恋童癖"（reverse paedophilia）用来描述社会是如何"为我们自己的需求"而培养和训练这种被情色化的孩子们（Stockton，2009：506）。根据斯托克顿的说法，逆向恋童癖使人们产生对于"颠覆纯真"的渴望，他们认为"在某个地方，有一个孩子渴望着我，而我想象到并且感受到了这一切"（Stockton，2009：506）。莫里森在《爱》与《天佑孩童》中描绘了"逆向恋童癖"的场景。在这些场景中，恋童癖的欲望"不是成年人针对儿童的欲望，而是儿童针对成年人的欲望"（Stockton，2009：506）。儿童的欲望是潜在的，等待着被成年人的行为唤起。

莫里森强调，有必要采取切实可行的教育措施以教育和警告孩子们：他们可能会在无意识中遭受侵害。莫里森的早期作品《最蓝的眼睛》、中期作品《爵士乐》以及晚期作品《爱》都涉及儿童遭受虐待的事件。在《爱》一书中，莫里森揭露了像比尔·科西这样的成年人是如何对孩子产生欲望的。科西对女孩希德产生了兴趣,而希德是他的孙女克里斯汀儿时的玩伴。在希德11岁那年,科西迎娶了她。这段婚姻激发家人对柯西的不满,也在镇上引起了诸多的流言蜚语。最终,在科西81岁去世之后,这件事情造成了他的生意的土崩瓦解(Morrison,2005:37)。根据小说中的描述,科西在酒店里看到了希德。当时希德正沿着走廊去取抓子(一种游戏),她想要邀请克里斯汀一起在沙滩上玩耍,她一边走一边随着音乐扭动着臀部。这时,"她遇到了她朋友的祖父",祖父"摸了摸她的下巴,然后又不经意地摸了摸她的胸部或者说是摸了摸她泳衣上对应胸部的位置"(Morrison,2005:190-191)。在希德意识到这一切发生在她身上之前,她显然已经遭受了侵害。她发现自己无法理解这一切,甚至无法与她的朋友克里斯汀诉说,"希德难以启齿,无法告诉她的朋友发生了什么"(Morrison,2005:191)。虐待儿童的行为会扰乱孩子的正常成长轨迹,"对孩子来说,无论对其当下还是今后的生活都是一种伤害"(O'Dell,2002:136)。恋童癖者想看到的是充满欲望、寻求快感和刺激的孩子,这些孩子鼓励、刺激,并唤起他们想要去满足的欲望。莫里森在这里强调了儿童遭受虐待背后的原因:所有形式的虐待都是一种力量的表达,一种成年人强迫和教唆的力量。对于成人的责任问题或动机问题的理解必须从"是什么力量在刺激他们"出发。再次让我们读一段小说中有关希德被想象成一个等待被勾引的坏女孩的描述:

> 是希德的问题。老头子一下就发现了,所以他要做的只是去抚摸她,之后的事他早就知道了,因为问题已经在那里了,只等着一根大拇指去激活。而且是她引起的,不是他。是她先扭屁股的,然后才是他(Morrison,2005:192)。

这里投射的是一个充满欲望的孩子,时刻等待着被爱抚,而成年人却不必为其想要唤起孩子欲望的变态行为负责。马尔·加莱戈(Mar Gallego)对科西挑逗希德的探讨令人印象深刻:科西有意挑逗希德,并按"他的品位"为十几岁的希德打扮,用"让她难堪的方式"把他介绍给自己的孙女克里斯汀,并将这一切都怪罪于希德(Gallego,2007:95-99)。然而,这部小说最有趣的是,在科西的生活中,几乎所有的女人都会对他产生恋童癖般的吸引力,包括朱尼尔。科西,一个贪得无厌的偷窥者,像幽灵般围绕着朱尼尔,通过偷窥朱尼尔和她的男朋友罗曼之间的亲密行为来获得满足。死后的科西被人们描述成一个贪婪的偷窥狂,这与

第四章 新黑人的愁思

他生前的种种恶行刚好吻合。例如,希德"扭动的臀部"会勾起他的欲望。但是,人们在对科西的品行和遗留问题做最后裁决时,并没有指责他的堕落,反而诋毁希德,仿佛她才是这件事的始作俑者,甚至人们还为科西辩白,称"他们已经原谅了科西。一切都是希德的错。一个成年男人对一个孩子产生兴趣,人们反而去责怪这个孩子"(Morrison,2005:147)。然而,作者不断提醒读者,科西就是那个"侮辱了希德,却将一切都归罪于她的始作俑者"(Morrison,2005:165)。比尔·科西和乔·泰瑞斯、洪德堡一样,都来自那个肮脏的群体,那里尽是些所谓的不会令人起疑、值得信赖的老恶棍、肮脏的老男人和恋童癖者。他们用恋童的目光凝视那些受害的孩子,想象"没有什么能比自己在孩子眼中的形象更威严雄伟"(Morrison,2005:199),就是这种想法最终导致他们偷食禁果。[①] 那些把孩子视为欲望对象的变态成年人,除了自己的幻想和变态投射之外,什么都分

[①] 儿童成为恋童癖者投射欲望的镜像,并且恋童癖者认可那些无意中表露了内心欲望的孩子具有反常行为的说法,或者肯定"婴儿堕落学说",即儿童天生是有欲望和原罪的。莫里森在《天佑孩童》一书中所持观点与此类观点完全相反,莫里森认为儿童是无辜的,他们需要被保护。此处可以参见罗宾·伯恩斯坦(Robin Bernstein)的著作《种族的清白》(*Racial Innocence*),该书通过对比不同时期对儿童的堕落和无辜的描述,展现了从奴隶制到民权时代的美国人的童年。

辨不清。

根据小说中的描述，克里斯汀目睹了祖父科西抚摸小女孩希德的令人作呕的场景。布莱德和她的经历一样，她也亲眼见证了那个男童被虐待的悲惨时刻。布莱德将儿时所目睹的一切告诉了男朋友布克，希望能在错误指证索菲亚·赫胥黎的道德困境中为自己寻到一些慰藉，正如朱迪思·赫尔曼（Judith Herman）所言，"分享受伤的经历是恢复一个有意义的世界的前提条件"（Stow，2017：223）。布莱德与布克分享她遭受创伤的秘密，从而改变了自己的生活轨迹。布克建议她走出自我束缚的牢笼，与尽可能多的人分享自己的经历。他建议布莱德通过将秘密公之于众以缓解这些秘密给自己带来的重负。这让布莱德对自我恢复能力有了新的认识。[①]布莱德通过与布克分享她生活中的秘密时刻而找到了一种发泄压抑情绪的出口和自我解脱的方式："不仅如此，她还感受到自己被治愈了，更加有安全感和满足感"（Morrison，2015：56）。布克的爱提升了她的自信、她的快乐，她的主观性以及她享受生活的能力。当布克突然提出分手后，她问道："为什么他要夺走她所有的慰藉和情感上的安全感？"

[①] 就像布克对失去至亲的民主式的反应一样，他也想用类似的方式来解决虐待儿童的问题。

第四章 新黑人的愁思

(Morrison,2015：79)尽管她对自己的成就和充满异国风情的外表充满自信,但她仍然感到自己惨遭抛弃和轻视。她经历了一次退变,退回到了她青春期前的状态,成为一个"怯生生的",让她父母颜面尽失的"肤色过于黑的小女孩儿"(Morrison,2015：97,140,142,144)。让·怀亚特(Jean Wyatt)在书中解读了这种退变回童稚的状态：她想要"继续做一个遭受创伤的可怜孩子"(Morrison,2015：184),"一个不被种族主义母亲喜爱的黑人小女孩"(Morrison,2015：182)。

莫里森用戏剧化的手法来描述这种退化状态,包括逐渐消失的体毛,缩小的身体和退化的、赋予她力量和女性气质的乳房。毛发的脱落暗示了她的主观性和理智的丧失,其他大部分身体方面的变形都是源于她的幻觉。吉恩·怀亚特(Jean Wyatt)把布莱德与布克分手之后发生的身体变化看作是对最初创伤场景的再现——当时她的母亲拒绝抚摸,或者说拒绝养育这个女儿。然而,布莱德的身体变化幻觉使得她的魅力逐渐丧失,尤其是在布克遗弃她之后。因此,她的幻觉也可以看成是一种幻觉性忧郁症,是对她所失去爱的反应或者是布克对她的严厉指责——认为她不是他想要的女人的反应。布莱德意识到布克就是她疾病和痛苦的根源："当她碰了碰曾经乳房所在的地方,她的呻吟变成了啜泣。这时她忽然明白，她身体的变化不是发生在他离去之后，而是他的离去导致的"（Morrison，2015：93-94）。布莱德认为体毛日渐稀少的状况与女性的无论是青春期还是成年期应有的表现都正好相反。就像 F. 斯科特·菲茨杰拉德（F. Scott Fitzgerald）的《本杰明·巴顿奇事》（*The Curious Case of Benjamin Button*）中的本杰明·巴顿一样，她似乎又回到了童年时代。布莱德开始鼓起勇气，"为自己挺身而出，去面对第一个能让自己袒露灵魂的男人"，"逼他解释为什么她不值得他好好对待"，还有，他说她"不是他想要的女人"到底是什么意思？（Morrison，2015：80）为了提升自主意识和个人尊严，她摆脱传统模式，在这种模式下，女性通常会妥协并放弃自主意识，就像她的母亲那样被贬低为福利女王，却无力维护自己的体面和尊严（Thompson L.，2009：4）。她从塞尔瓦托·庞蒂写给布克的欠款催单里找到了布克的下落。据庞蒂说，布克住在一个叫威士忌的地方。在去往威士忌的路上，布莱德迷路了，她的捷豹车失去了控制，最终导致严重的交通事故。布莱德醒来时，发现自己被一家人营救并收留。这家有父亲史蒂夫，母亲伊芙琳和他们的养女雷恩，因为他们偶遇并且收留小女孩的那天正好下着雨（rain），所以给她起名雷恩（Rain）。雷恩一家过着简朴的田园生活。在这部满是遭受虐待的儿童的小说中，雷恩也是受害者之一。

第四章 新黑人的愁思

雷恩向布莱德讲述了自己沦为娼妓，为从事性服务的母亲赚钱并最终被母亲抛弃的故事。雷恩的故事使得布莱德对所谓母性、母爱以及养育产生怀疑："为什么？她为什么要那样做？"（Morrison，2015：101）雷恩没有同情和支持她的人可以交流。她将自己遭受虐待，以及母亲是如何将她卖给她的一位长期嫖客的经历讲述给布莱德。那些关于雷恩遭受虐待的细节让布莱德愤愤不平。她再一次发出灵魂的拷问："怎么会有人对一个孩子做那种事呢？亲生骨肉就更不用说了。"布莱德问雷恩，如果有机会见到母亲，她有什么话想对她说？雷恩说她什么也不说，只想砍掉母亲的脑袋，而且每当想象到那个场景，她就会产生极大的欢愉。雷恩只能通过想象惩罚母亲对自己的残忍。布莱德和雷恩之间的这种交流也许最能概括这本小说最初的名称——《孩子们的愤怒》（*The Wrath of Children*）——旨在强调人们有必要认识到孩子们在以对抗性的仇恨和暴力攻击的形式表达愤怒，这是他们对遭受虐待这种足以改变他们整个人生的创伤性经历的现实反映。莫里森向读者展示了一种真实写照，即与成年人相比，遭受虐待创伤的孩子会展现出更加强烈的愤怒，而成年人在经历同样的事情时，则会表现得更加克制。同布莱德一样，遭受创伤的孩子们需要同情或支持他们的人，以发泄被压抑的情绪。如果他们无法宣泄，那么被忽视和被隐藏的愤怒将会转化成暴力行为。如果读者能够像布莱德一样对雷恩产生同情，他们就能理解雷恩那充满暴力和肢解快感的虐待狂般的幻想是一种受刺激后产生反应的本性。

莫里森同意爱丽丝·米勒等研究虐待儿童方面专家的观点，认为儿童的愤怒合乎他们的遭遇，因为儿童不具有移情的能力，也就是说他们不像成年人的反应性仇恨那样可以针对替代性对象，他们的愤怒仅针对伤害过和虐待过他们的人。《柏油娃》中就有成年人因移情而虐待儿童的例子。小说中主人公瓦莱里安·斯威特（Valerian Sweet）对她的独生子的折磨正是源自对丈夫的仇恨。另一个例子是来自《最蓝的眼睛》中的克劳迪娅（Claudia），她将自己的反应性攻击指向了一个秀兰·邓波儿款式的洋娃娃。她将洋娃娃拆得七零八落就是想了解邓波儿的魅力所在。布莱德对雷恩的遭遇感同身受，并给了雷恩一个发泄情感的出口。通过倾听雷恩的遭遇，布莱德明白当雷恩不再觉得自己的愤怒毫无意义，而是将这种愤怒理解成遭受虐待后的正当反应时，她的悲伤将会随之减轻，并且转变为健康的、具有建设性的自我防卫模式。作为成年人，当布莱德与布克分享她的悲伤时，她完成了和雷恩一样的情感释放。正如米勒所言，一个遭受虐待的孩子必须要打破禁忌，去反思并大方地谈论过往的经历，才能重拾自信（Miller A., 1984: 67）。必须把雷恩和她的

第四章 新黑人的愁思

反应性行为放在特定的社会文化背景下去理解，这种社会文化背景包括：雷恩曾遭受的虐待，当时家庭内部和社会所呈现的扭曲的权力动态，将孩子丢入遭受性侵害、虐待、羞辱的人间炼狱的缺乏良知的父母（Miller A.，1984：60）。这样，读者就可以更深入地理解孩子攻击性行为的反应性本质，而不是将其归因于弗洛伊德式的死亡本能或儿童性行为的反常本性。难怪雷恩和布莱德会建立亲密关系，因为只有布莱德能够理解雷恩的遭遇。也无怪乎雷恩感到布莱德的陪伴能治愈她内心的伤痛，她把布莱德当成姐姐一般，并在布莱德离开之后一直思念着她的陪伴。不同于杰里的是雷恩把布莱德奉为"她的黑小姐"。布莱德冒着生命危险去保护雷恩的行为展现了她的人格和尊严，这才是黑人女性真正的品质。

第二节 纪念的悖论

本章节的讨论将围绕布克、他的过往、学生时代的抱负、他的家庭生活，以及失去了最爱的兄弟亚当的经历展开。亚当也是小说中遭受虐待的儿童之一。本节讨论的重点是布克悲痛的心境、这种心境对他的家庭和人际关系的影响，以及他最终如何从悲痛中走出来。正如西蒙·斯托（Simon Stow）所观察到的那样，自从弗洛伊德的《哀悼和忧郁症》（*Mourning and Melancholia*）发表以来，西方对于哀悼行为以及人们对于不幸和死亡的反应的理解一直受到弗洛伊德的这些权威作品的影响，同时受高度推崇弗洛伊德作品的尼古拉斯·亚伯拉罕（Nicolas Abraham）和雅克·德里达（Jacques Derrida）等理论家在弗洛伊德理论基础上提出的改进理论的影响（Stow，2017：4）。本书对布克因兄弟的死而罹患忧郁症的讨论与弗洛伊德式的忧郁症及其发展成政治的或民主的哀悼行为有关，笔者称之为新黑人忧郁症（the new black melancholy）。

人们在"一个阴沟"里发现了亚当已经腐烂的尸体（Morrison，2015：114）。布克兄弟"浮夸"的葬礼让布克"倍感孤凄"。布克觉得他的哥哥"又死了一次。这一次，他在歌声、布道、泪水、人群和鲜花的重压下窒息而死"（Morrison，2015：114）。对他来说，哥哥的死并不需要这样的仪式和哀悼，他的死呼唤着人们对于哀悼的民主式回应和对于正义的诉求。麦基弗（McIvor）将民主式哀悼定义为一种公民义务或开放的民主动力，体现了人们在面对社会损失、创伤、暴力、蔑视、生命贬值、被边缘化和其他社会不公正待遇的经历时，在接受现实和修复心灵方面所做出的努力（McIvor，2016：89）。① 人们需要民主式的哀悼方式，竖立纪念碑或举办公共纪念仪式，以减轻或弥合社会损失和种族创伤，尤其是在2010年至2020年的10年中，人们需要的是建造、竖立弥补或和解性质的纪念碑，同时拆除联盟雕像或纪念碑。②

布克努力动员亲友们纪念他的兄弟，这表明他想要抗议和揭露美国民主和法律体系的缺陷。他像一个革命者一样，想要挑战和改革执法机构，通过公开哀悼这一具有政治意义的仪式来反省自己。他的政治哀悼和尝试纪念的行为是基于

---

① 克劳迪娅·兰金（Claudia Rankine）也强调了"对哀悼保持动态性的开放"的必要性（Rankine，2016：150）。她以同样的方式解读了"黑人的命也是命"这一运动并且强调只要黑人一直生活在一种不稳定的、恶劣的生存状态中，就有必要将悼念保持为一种开放的文化。请参阅兰金的论文《黑人生活的状况本身是一种哀悼》(*The Condition of Black Life Is One of Mourning*)。

② 阿尔弗雷德·弗兰科夫斯基（Alfred Frankowski）将哀悼和纪念解读为"纠正历史"的过程（Frankowski，2015：30）。被杀害的孩子和失踪的孩子需要公开地承认。弗兰科夫斯基认为，纪念有助于将保持哀悼作为一种开放的动态，以帮助我们寻求正义、达成和解并获得补偿。请参阅弗兰科夫斯基的作品《纪念的后种族限制》(*The Post-Racial Limits of Memorialization*)，该书探讨了建立公共纪念碑以弥合历史创伤和暴力创伤的必要性。弗兰科夫斯基的观点与莫里森一致，认为有必要通过设立公共纪念碑来纪念那些"失踪"和"被遗忘"的人。莫里森在许多访谈中都表示要向死者表示敬意，包括访谈录《路边的长椅：托妮·莫里森的〈宠儿〉》(*A Bench by the Road: Beloved by Toni Morrison*)。在这次采访中，莫里森对未设立纪念碑对逝者进行悼念这一行为表示遗憾："你和我无处可去。没有什么地方，没有什么东西可以召唤那些过往的奴隶，没有什么让我们去追忆或者停止追忆那些走过这段历程和没有走完这段历程的人们，没有合适的纪念馆、匾额、花圈、墙壁或纪念堂……路边连一把小小的长椅都没有"（Morrison，2008：44）。这些有力的话语鼓舞了托妮·莫里森学会创立了"路旁长椅"项目，以表彰和纪念那些牺牲宝贵生命的人们。

托妮·莫里森与新黑人

非裔美国人在面对社会不公时对于无辜生命消逝的政治回应，是通过对非正义的拒绝和司法迟滞的抵制来追求平等的公民权利。据斯托（Stow）的观点，这种对死亡和不幸的政治反应"对于反对奴隶制和战后重建的暴力行为，以及正在进行的民权斗争都至关重要"（Stow，2017：57）。缺少民主以及公开哀悼的缺失增强了布克丧失亲人的苦痛。在这种情况下，布克陷入了一种自我封闭的悲伤状态、一种新黑人的愁思，这使他难以走出失去兄弟的不幸。事实上，他在一种哀悼的悖论中饱受折磨。这种哀悼是个人的，也是公众的，属于每个人的，也属于整个社会，布克更强调了主观哀悼的孤立性。"他想改变哀悼的方式——使之变成私密的、特殊的，更重要的是，完全属于他自己的哀悼"（Morrison，2015：115）。布克的母亲（及其家人）拒绝公开哀悼亚当。布克希望公开纪念亚当的离世，这一公开悼念的形式可以结合非裔美国人历史上最重要的两次因失亲而进行的公众和个人悼念事件以及所引发的社会不满联系在一起进行解读。[①]

[①] 阅读完克劳迪娅·兰金（Claudia Rankine）的文章后，我有必要强调一下，我正在对美国历史上一些重要的悼念行为进行类比，这些行为引发了民权运动和"黑人的命也是命"的运动。兰金列举了男孩的母亲们，比如莫布里、马丁、布朗和埃里克加纳，还有女孩的母亲们，比如瑞基亚博伊德和艾亚娜史丹利-琼斯，她们都是警察暴力的受害者。正是失去了亲人才使得她们参与到公众哀悼的讨论中（Rankine，2016：153-44）。

第四章 新黑人的愁思

首先，布克的不幸与玛米·蒂尔·莫布里（Mamie Till Mobley）的不幸产生了共鸣，莫布里的儿子艾美特·蒂尔（Emmett Till）于1955年被谋杀。莫布里并不想"掩盖她的不幸"（McIvor，2016："序"）。当人们在塔拉哈奇河发现艾美特·蒂尔被肢解的尸体后，"莫布里要求用没有棺盖的棺材装尸体，并允许媒体拍摄并发布她儿子被肢解的尸体的照片"。和布克一样，她以"一种新的方式"来引起公众的关注（Rankine，2016：148）。兰金（Rankine）说："莫布里的做法是想要让人们知晓她的不幸，通过与公众一起瞻仰逝者，让曾经对刑事司法系统毫无意义的尸体成为一种证据。她所改变的哀悼方式助力了20世纪五六十年代的民权运动"（Rankine，2016：148）。和莫布里一样，布克希望将哀悼作为日常生活的一部分，以支持人们为公平和正义所做的斗争。他渴望在充斥着监禁、虐待儿童、暴力、贫困、社会冷漠、种族间信任丧失以及不完善的法律/司法体系的后民权时代重新点燃一线生机。埃米特·蒂尔的公开的揭开棺材盖的葬礼重新点燃了民权运动之火。

其次，我们可以将亚当的死与迈克尔·布朗（Michael Brown）和特雷冯·马丁（Trayvon Martin）的死（也许还有其他黑人青年的冤情）联系起来。与莫布里不同的是，布朗的母亲莱斯利·麦克斯帕登（Lesley McSpadden）不希望她儿子残缺的尸体暴露在媒体面前引起公众的关注。相反，她像布克的母亲一样，希望遮盖并迅速埋葬儿子的尸体，而非让他献身于黑人民权运动，从而被商品化为"资本主义模式"（Rankine，2016：153）。① 布朗和马丁的死引发了"黑人的命也是命"的运动，该运动的抗议活动不仅仅是为了悼念弗雷迪·格雷（Freddie Gray）、特雷冯·马丁或迈克尔·布朗的死，也"试图将哀悼变成我们文化中的一种开放的动态"（McIvor，2016："后记"）。

根据尼古拉斯·亚伯拉罕（Nicolas Abraham）和玛丽亚·托洛克（Maria Torok）关于哀悼和忧郁的精神分析方面的著作，布克对死去的兄弟的哀悼和内省达到了某种程度，以至于在心灵深处为他的兄弟"树立了一个不为人知的坟墓"（Abraham & Torok，1994：130）。根据亚伯拉罕和托洛克的说法，这一行为源自一种"融合的幻想"（fantasy of incorporation）（Abraham & Torok，1994：132）。对"客体死亡"的强烈感受让死去的人和怀念他的人合二为一（Abraham & Torok，1994：111），就好像哀悼者被逝者掌控并沉浸在痛失所爱之人的悲痛中——"他们的肉体被所爱之人的灵

---

① 兰金认为，麦克斯帕登的一些邻居并不想纪念布朗的死，因为"他们不需要被不断地提醒：黑人的命对他们周围的执法人员来说无足轻重"（Rankine，2016：153）。

第四章 新黑人的愁思

魂附体"（Abraham & Torok，1994：136）。自从兄弟二人出生以来，布克从未认为自己是独立于兄弟之外存在的个体。他们似乎处于一种共生的"双重关系"中，这不同于匈牙利分析家伊姆雷·赫尔曼（Imre Hermann）所描述的"母子合一"的关系（Secret，2015：141），而是与兄弟合为一体。这种关系如此纯洁，以至于需要天使般的爱去护卫它，这就是布克呼吁公开的哀悼和纪念的原因，只有这样才能让纯洁的丧失得到承认，让痛苦得以缓解。没有家族的哀悼，也没有公开悼念亚当的活动，这加重了布克的社会不公平感和家族不信任感。亚当死后，布克无法从失去兄弟的悲痛中走出来。从弗洛伊德理论的角度来看，布克无法将失去兄弟的痛苦融入自己的内心，也无法给予自己希望（James R.，2015：18，162）。他拒绝让任何事情取代亚当的位置，并坚持如此。他的哀悼行为逐渐变成自恋和自负。为了纪念亚当，布克将自己当成亚当的"完美替代者"，当成他死去的孪生兄弟的转世，并在自己的左肩文了一小朵玫瑰花（Morrison，2015：120）。文身是他纪念兄弟的一种尝试，是为了把逝者刻在身上，融入身体，以求解脱。

根据南希·伯恩斯（Nancy Berns）的说法，寻求解脱是对死亡和不幸的一种新的哀悼方式（Berns，2011：3），这一观点体现了我们对失去挚爱所造成的创伤的反应。虽然对

"解脱"没有明确的定义，但它可以描述为个体接受失去和不幸，找到平静、治愈、宽恕以及正义（最重要）的过程（Berns，2011：2）。寻求解脱是为所有这些问题找到解决办法的一种尝试。我们建议那些在情感上受到伤害和委屈的人寻求自己的解脱之道，让自己度过那些不幸和悲伤的时刻。这对像布克这样的人有所帮助，他们可能会为自己心爱的人悲伤和痛苦，以至于成为自怜情感的受害者。布克对亲朋好友们悼念、埋葬亚当的方式非常不满，并认为社会对于枉死者缺乏公正的对待，这种情绪使布克未能找到自己的解脱之道。他的悲伤或忧郁表明他无法忍受社会的不公。施瓦布（Schwab）认为："替代亚当的想法和他们无意识的行为表现出一种基于替代逻辑进行哀悼的失败形式"（Schwab，2010：15）。布克为纪念他的哥哥而在肩膀上文的玫瑰花，表达了他想通过否认兄弟的死来换取他的永生。亚当是他孪生兄弟布克完美的替代品，以至于亚当死后，布克再也找不到灵魂伴侣，因为"他们两个人都死了"（Morrison，2015：115）。状若行尸走肉的布克拒绝接受亚当已死的事实，无法以正确的方式悼念亚当，因为亚当的死给他带来了巨大的打击。布克认为他深爱的哥哥没有得到公正的对待，他希望亲朋好友尊重并铭记亚当。布克的家人认为他过度的哀痛表现是为了掩盖他们的哀痛，而在他的弟弟和妹妹费佛尔和古德曼眼里，布克"想给一个在他们还在婴儿期就已经去世的哥哥立一座塑像"（Morrison，2015：125）。布克家庭的其他成员将他所表达的哀痛和悲伤看成是对他们的"操控——一种试图超越他们的父亲权力的操控"（Morrison，2015：125）。家人们认为布克在假装哀悼和悲伤，同时布克也看出他的家人们并没有他所期望的那么悲伤。他们无法理解布克对亚当之死难以释怀的忧郁。实际上，布克不仅在为他死去的兄弟哀悼，还在为纯真本身的丧失而哀悼，而那份纯真正是圣洁的体现。①

第三节　哀悼的意义

弗洛伊德理论对于理解哀悼的政治意义同样重要。根据

---

① 布克似乎对童年持一种柏拉图式的或者说浪漫的观念，他认为孩子天性善良并且纯真。这一观念是在浪漫主义诗人想象的启迪和英美法系的熏陶和培育的影响下产生的（Stockton，2009：30）。认为童年是纯真的观念与加尔文主义的"婴儿堕落论"背道而驰，后者认为儿童天生就是有欲望、有原罪的。18世纪末至19世纪初，由于浪漫主义诗人把儿童描绘成能够让成人世界得到救赎的天使，导致这种婴儿堕落论被推翻了。美国布道手册和育儿手册都受到了这种观点的影响。从那以后，人们开始认为孩子"不是天真的象征，而是天真本身，不是纯洁的象征，而是纯洁的化身。人性本善论取代了原罪论"（Bernstein，2011：4）。根据斯托克顿（Stockton）的观点，"天真的孩子就是正常的孩子——或者说是成长在正常道路上的孩子，他们对我们来说是安全的，因此我们要不惜一切代价保护他们"（Stockton，2009：30）。易受虐待的儿童必须得到庇护。在布克看来，他和他生活的这个世界都失去了这种纯真。因此，他觉得有必要去保护它。

弗洛伊德的说法，哀悼行为不仅是针对一个人肉体的陨灭，还是针对理想或意识形态的妥协（Secret，2015：142）。在布克的例子中，失去哥哥令他哀痛，因为兄弟之情是最纯粹、最纯洁的。只有天使之爱能形容他们之间的爱及其纯洁性。布克不希望哥哥就此被遗忘，希望其他家庭成员也能永远记住他。他想通过纪念他来寻求解脱。只有布克的姑姑奎恩察觉到侄子的悲伤中混杂的愤怒。她一再表示布克需要永远保留对兄弟的怀念，但也必须要从失去兄弟的哀痛和悲伤中走出来。"不要忘了他，"她说，"直到他准备好离开为止。在那之前，用尽一切力气记住他。时候到了，亚当会告诉你的"（Morrison，2015：117）。奎恩理解哀悼能弥补内心的创伤，也知道布克最终会从失去亚当的哀痛中解脱，并逐渐恢复。随着时间的流逝，哀悼会弱化失去感。弗洛伊德认为，当哀悼者找寻到了新的欲望客体后，哀痛感将逐渐结束。特别是当主体在情感上度过或克服失去感，找到了替代品或替代物后，对失去的客体的怀念就会逐渐减弱（Ricciardi，2003：23）。在暂时的哀痛阶段结束之后，除了对失去的客体以外，主体对其他一切也都失去了兴趣。现实将让主体明白客体已经不复存在，主体可以重新进入与其他客体的关系之中（Ricciardi，2003：24–25）。布克没能克服心理障碍，无法治愈自己的忧郁症，让自己恢复正常。奎恩给布克

的建议是,从失去感和长期的哀痛中慢慢走出来,这让人想起弗洛伊德关于哀悼对哀痛者的影响的观察:

> 我认为用下面的方式来表达并不牵强。现实测试表明,当被爱的客体不复存在,所有原欲都将从对客体的依恋中消失。一般而言,尊重现实至关重要,然而原欲的消失并非一蹴而就,而是在很长一段时间中慢慢进行的。将原欲与客体绑定在一起的每一段记忆,每一份期待都将被激发,然后经过过度宣泄,最终完成原欲与客体的分离(Ricciardi, 2003: 25)。

根据弗洛伊德的观点,哀痛的目的之一是切断对失去客体的原欲依恋(Gana, 2011: 25)。直到爱的客体彻底消失(Secret, 2015: 154),哀痛才彻底爆发,然后一点点消逝,直到原欲与失去的客体彻底分离(Ricciardi, 2003: 25)。弗洛伊德将哀痛描述为一个缓慢而渐进的过程,人们需要必要的"能量消耗"(expenditure of energy)来恢复对生活的兴趣(Ricciardi, 2003: 28)。只有当主体能够走出哀痛,他/她才能将注意力转移到其他方面。弗洛伊德式哀痛的结束是指哀痛者成功地脱离了对所爱客体的依恋或接受其失去(Min, 2003: 232)。当主体的悲伤到达一定程度后,情感宣泄也随之结束，这时他/她也脱离了对于失去客体的依恋。如果因为失去所爱的客体而形成空洞没有得到填补，那么所珍爱的客体就不可能被替换（Ricciardi，2003：33）。弗洛伊德认为：

> 虽然我们知道，在失去所爱之后，严重哀痛的情绪终将平息，但我们也知道悲伤将继续，我们永远也找不到替代品。无论我们用什么去填补空洞，即使填补得十分完整，但裂痕却依旧存在。实事就是如此。这是让我们不愿放弃的爱得以永生的唯一方法（Ricciardi，2003：32）。

弗洛伊德式的哀痛过程是一个逐渐走向忘却或接受失去的过程，但这对布克来说并不适用。他无法忘记哥哥。正如弗洛伊德所观察到的，"原欲与它的客体纠缠不休，即使有替代品出现，它也不会与消失的客体断绝联系"（Ricciardi，2003：29-30）。布克没有放下逝去的客体，始终活在哀痛和悲伤之中，无法求得解脱。他变得忧郁，并保留了对兄弟的记忆。弗洛伊德告诫我们要抵御因主体无法脱离对所爱客体的依恋所产生的哀痛（Gana，2011：48）。将哀痛融入自我的布克对哥哥倾注了太多的情感，以至于自己变成了一个

第四章 新黑人的愁思

毫无生气的行尸走肉（Min，2003：235；Miller，2013：16）。亚伯拉罕（Abraham）和托洛克（Torok）认为让死去的客体保持生机是一种幻想：妄图实现与尸体的完美融合，将所爱的客体的一部分内化到自己的身体中（Tuggle，2013：64）："将通过文字、场景和情感的记忆和失去的客体的相关物重构出的个体，连同他的形貌，作为一个完整的人活埋在内心的隐秘空间"（Abraham & Torok，1994：130）。布克将所爱的哥哥亚当的尸身寄生在活着的自己的体内，形成一种寄生的关系。奎恩向布克描绘这种占有状态，并提醒布克从他的忧郁中走出来，接受亚当的死，继续自己的生活："你这样将亚当捆在肩上，让他没日没夜地工作，好填满你的脑子。你难道不觉得他已经够累了吗？他都死了还不得安生，还要替别人活，他一定累坏了"（Morrison，2015：156）。"将亚当捆在肩上"这段文字描述与德里达在《他者的耳朵》（*The Ear of the Other*）一书中的描述相类似：

在正常哀悼中，我把逝者担负在自己肩上，消化它、吸收它，将它理想化，将它内化。这就是黑格尔所说的内化，同时也是记忆化：一种内化的记忆。但是由于它是内在化记忆，所以我将它完全内化（Secret，2015：151）。

加布里埃尔·施瓦布（Gabriele Schwab）对尼古拉斯·亚伯拉罕（Nicolas Abraham）的隐秘空间的概念/构想的理解，涉及一个隐藏的精神空间。主体将"无法言说的事件或无法忍受的事件埋葬于其中"（Schwab，2010：3）。她补充道，人们将不死的灵魂藏于这个隐秘空间或精神墓穴中，不想让他们死去（Schwab，2010：3）。这个隐秘空间筑成于"失败的哀悼中。它是一个埋葬自己内心所爱之人的地方。虽然这个爱人已经离去，但却像一具充满爱的尸体一样被保存在主体的内心世界。这个隐秘的空间是一个忧郁的、悲伤的、由于失去挚爱所造成的创伤而建造于内心的建筑"（Schwab，2010：45）。布克通过哀悼和怀念筑成了这样一个隐秘的空间。他试图说服家人，尤其是他的父母，"找个方法纪念亚当"（Morrison，2015：124）。他的弟妹费佛和古德曼认为"布克想要的是给一个在他们还在婴儿时期就死了的哥哥竖立一座塑像"（Morrison，2015：125）。似乎没有人意识到布克想要纪念亚当的动机的深层逻辑。

纪念馆是人们用于纪念和斗争的场所，他们见证人们为争取正义所做的努力。尤其是在后种族时代，纪念馆的缺失意味着正义的缺席，意味着对于虐待和奴役黑人，尤其是黑人男孩和男人的历史还将延续。不哀悼、不立碑表明了人们对黑人生命的漠视，这将使得对黑人的暴力永久化和合法化。布克认为他的家人和社会对公共纪念仪式缺乏的关注"是想把亚当从生活中清除出去，不只是亚当，还有他自己存在过的痕迹"（Morrison，2015：125）。事实上，在后种族主义的背景下，不举行纪念仪式代表着正义的缺席，代表着对亚当的枉死与对迈克·布朗（Mike Brown）和特雷冯（Trayvon）等年轻黑人的暴力和谋杀之间的联系："又一个黑人小男孩死了。那又能怎么样呢？"（Morrison，2015：114）在亚当离奇的失踪/死亡和他被发现的遗体背后，还存在着多少父母无法释怀的悲恸，尚未确认和未及哀悼的失去，他们的孩子消失得无影无踪（Neal，2002：65）。社会没有综合考虑这一事件，从而造成了公民、司法和种族伤痛的延续（McIvor，2016：第一章）。

如果人们不去承认或纠正这些问题，那么充斥着社会不公、种族创伤、漠视黑人生命、不明死亡和不明暴力的历史将延续（Tillet，2012：135）。对于兄弟的离奇死亡和其他黑人男孩下落不明且无人哀悼的状态，布克无处申诉，这暴露了司法机构的种族偏见和刑罚制度的不公（Singleton，2015："引言"）。黑人男孩的失踪引发了历史上因为其他黑人男孩失踪所累积形成的社会悲恸。男孩们的失踪表明种族暴力、虐待、不公等遗留问题尚未解决（Singleton，2015：第二章）。布克的种族忧郁和抗议表明，黑人男孩的死亡和失踪不被承认或被故意遗忘,是对正义的背弃,这已成为种族歧视、公民权利缺失或法律权利缺失的标志。他呼吁公众认清事实,牢记逝者,寻求纠正"非裔美国人合法公民身份和公民失和的后民权悖论"(Tillet,2012:145)。布克的忧郁"源自长期与种族压迫所进行的斗争"(Singleton,2015:第二章)。他那激进的忧郁情绪是因为他企盼正义、企盼对失踪的黑人男孩应有的赔偿,企盼社会平等和种族和解,以消除制度上的种族主义(Tillet,2012:136)。那些失踪的男孩们一直萦绕在布克的心头,他们消失得无影无踪,他们的死无人惋惜,这一切都需要人们共同哀悼和纪念。用莫里森的话说,他们不应该被忽略或忘记。那些被遗忘的人代表着集体的种族经历,代表着无人问津的社会污点,代表着一个民族的健忘症。事实上,他们所需要的是被承认、被公正对待以及被纪念。纪念碑不仅为人们提供了纪念场地,也代表了人们为正义而做的斗争,它们可以帮助我们化解宝贵生命逝去的悲伤、思考如何解决暴力问题,以及如何消除暴力行为和虐待儿童的行为。它们铭刻着人类所遭受的暴力和不公,是对忘却和被动的声讨。纪念仪式呼吁人们行动起来、肩负责任、呼唤社会意识的觉醒、社会动员力的提升,呼吁为争取权利和正义而斗争。纪念仪式的缺失意味着"未曾记住、下落不明",意味着正义的缺席、意味着曾经遭受侵害和暴力的黑人

第四章 新黑人的愁思

受害者无人问津，意味着施暴者的逍遥法外："他们怎么能假装一切都结束了呢？他们怎么能试图忘却这一切，然后继续生活呢？凶手是谁，他又在哪里？"（Morrison，2015：117）

妥协、遗忘、对宝贵生命的逝去保持沉默以及不承认这一切就是停止为争取正义而战。据戴维·麦克维（Davis McIvor）所言，对个人的和历史的创伤保持缄默是一种"沉重的沉默，一种悲伤的沉默"（McIvor，2016：第一章）。布克悲痛欲绝，他认为整个家庭乃至社会都无力哀悼他的哥哥以及无数个和哥哥有类似遭遇的无辜男孩。布克的忧郁是"社会损失的跨代效应造成的"（Singleton，2015：第二章）。家人的沉默不仅使他失去了哀悼的能力，也失去了寻求正义的能力。像大多数遭受不公正待遇的家庭一样，他们将痛苦封闭起来，埋于心底，而布克却因为想要为哥哥伸张正义而饱受折磨。继德里达对正义概念的阐释之后，正是这种对正义的呼唤使布克生活在这种为正义而做的"斗争"中，从而无法走出失去兄弟的阴影（Secret，2015：171）。考虑到枉死的亚当和那些遭受虐待的受害者们，布克呼吁举办哀悼仪式、竖立纪念碑、寻求公众认可、纠正错误观念并争取社会公正的行为是可以理解的。哀悼不仅是为了纪念一个人，也是为了治愈失去亲人的创伤。只有奎恩理解布克的内心需求，知道他想要留住对已故兄弟生前的记忆，以及在忘记哀悼之前能做适当的缅怀。同时，奎恩也了解布克想要放弃哀悼，去爱眼前人的内心需求（Wyatt，2017：178）。听了奎恩的建议，布克觉得能活在当下，能爱布莱德就是"真的幸福"（Morrison，2015：157）。布克对布莱德的爱缓解了他的忧郁，抚慰了他失去亲人的创伤，正是这一创伤使他一直笼罩在失去亚当的阴影中：

> 每一次想象她的眼睛闪亮地望向自己……除了一股波涛汹涌的欲望以外，布克还能感觉到，亚当死后笼罩他多年，让他不得安生的阴云在逐渐瓦解（Morrison，2015：131-132）。

在六个月的短暂爱情中，"他们一起享受不可或缺的亲密接触，聆听随心所欲演奏的音乐，阅读令人眼界大开的书籍……然而，这座童话般的爱情城堡毁于虚荣、浮华，并最终化为泥沙"（Morrison，2015：135）。当布克得知布莱德出于良心难安而打算帮助曾经因为猥亵儿童被判入狱的索菲亚·赫胥黎时，他果断离开了她。死去的哥哥和其他黑人男孩失踪的未解之谜萦绕在布克的心头。在布克看来，布莱德对赫胥黎的同情让她成为加害者而不是受害者。布莱德同情赫胥黎的行为使得她和布克的家人，以及这个社会成为一丘

第四章 新黑人的愁思

之貉,他们的共同点都是对罪行的漠不关心、视而不见。然而,布莱德拒绝接受被男朋友抛弃后的受害者的地位(Wyatt,2017:183)。最终,她质问布克,为什么他毫无理由地"离开"她。布克用一个问题反驳了她:"请先告诉我,你为什么给一个猥亵儿童的罪犯买礼物,她就是因为那个原因才被送进了监狱。告诉我,你为什么要去讨好一个怪物"(Morrison,2015:153)。布莱德向布克解释了当年她明知道赫胥黎是清白的,但为了赢得母亲的爱,她作了伪证,导致赫胥黎以虐待儿童的罪名定罪。如今,她意识到自己犯下的错误,想要"弥补"赫胥黎(Morrison,2015:153)。布莱德的坦白让布克动了和解的念头。他原以为布莱德的所作所为是宽恕了像怪物一样谋杀自己哥哥的掠食者们。布莱德坦白了她的罪过,并因此重获布克的原谅。布克也意识到了自己的错误,他有生以来一直"站在道德的制高点上指责别人"(Morrison,2015:160)。他向被他囚禁在心底的哥哥道歉(Morrison,2015:166),就像小说《家》中的兄妹弗兰克和茜一样,他学会了如何尊重和怀念死去的哥哥,让他得以安息,而不是在内心深处为他建造一个永恒的坟墓。[①] 最

[①] 布克并没有大张旗鼓地操办奎恩的葬礼,基于此我们可以看到布克已经成熟了。他为奎恩演奏了"平淡无奇,且时而走调"的曲子之后,他把小号扔进了河中,象征着他接受了"奎恩也会死"的事实(Morrison,2015:173)。

终，布克停止了对已故哥哥的控制，这是一种用犹豫情绪掌控死者的行为，用简·怀亚特的话说这就是"忧郁症患者的骄傲"（Wyatt, 2017: 180）。布克和布莱德都各自顿悟，莫里森将这一过程奉为一段从无知到启蒙的旅程。

结语 《天佑孩童》中的顿呼修辞

听母亲说。

托妮·莫里森,《恩惠》

祈祷是托妮·莫里森后期作品（如《恩惠》和《天佑孩童》）的中心隐喻。祈祷为母亲们提供了一种与她们的女儿沟通、弥合，或者抚摸的语言媒介，也为我们解析莫里森作品中慈母的整体形象、研究她们的自我牺牲动机提供了一个视角。母亲在祈祷中所表现的关心和祈祷的手势都是在为女儿祈求福祉。一个称职的母亲的一切行为都是母爱的缩影。人们可以通过祈祷来定义和解读母爱。《所罗门之歌》中奶娃的母亲露丝的祈祷是一个最有力、最能引起共鸣的例子，说明母亲是祈祷者的化身。露丝向儿子解释了她是如何夜以继日地为他的幸福祈祷的："无论白天黑夜我都在虔诚地为你祈祷"（Morrison, 1998: 127）。在《恩惠》和《天佑孩童》中也有类似关于母爱的例子,两部小说的最后部分都是通过母亲的虔诚视角和召唤的力量来呈现的。召唤和祈祷的作用在于,它们能让母亲与女儿产生心灵感应,类似于莫里森小说中使用的顿呼。

根据J. 希利斯·米勒(J. Hillis Miller)的说法,"在顿呼中,说话者中断当前的叙事,转而直接对着'你'——某个在场或不在场的人——言说"(Miller, 2017: 33)。他补充说道:呼语中的"你",就像如威廉·兹华斯的《温彻斯特男孩》等浪漫主义诗歌中的称呼形式一样(Miller, 2017: 34)。莫里森就是一位善于使用顿呼的诗人。米勒是一位以顿呼为媒介研究文体的理论家,他将顿呼与转化①联系起来(Miller, 1990: 5)。转化因此也变成一种理想的媒介,通过这种媒介,作者可以"通过将死者援引为经历牺牲和遭受痛苦的范例",而让其参与到生者的生活中(Stow, 2017: 19)。转化这一修辞手法的运用引出了小说在题记中关于遭

---

① 转化,属修辞的一种,主要是将抽象或无生命的事物以具体事例代替。描述一件事物时,转变它原来的性质,化成另一种与本质截然不同的事物。转化可以将物拟人、将人拟物,或以此物拟彼物以及化抽象为具体——此一类别又称通感、移觉。通感也可以被看作是一种隐喻。指利用心理感受间的交叉联系使文学形象具有更为强烈、鲜明的情感色彩或情绪感染力的一种修辞方法。其所利用的感官联系,是一种可以被大多数人理解的高级感知能力。作为一种审美创造活动的手段,通感被广泛应用于各种艺术作品当中。——译者注

结语 《天佑孩童》中的顿呼修辞

受苦难的儿童的描述，并让人们想起弗洛伊德在《梦的解析》(*The Interpretation of Dreams*)一书的题记："他们对你做了什么，可怜的孩子？"（Cameron，2017：285）弗洛伊德对那些令人震惊的虐待儿童的故事发出的感叹就像莫里森在《天佑孩童》中所做的一样。在讨论德里达的《明信片》一书所运用的诗学技巧时，米勒声称，《使者》或《明信片》两部作品的整体风格"可以看作是一种拓展后的顿呼，这是一种对读者'你'的质询"（Miller，2017：33）。在《爵士乐》一书中也可以找到类似使用"拓展顿呼"（extended apostrophe）的例子。当叙述者评论城市生活的复杂设计时，直接称呼读者为"你"（Morrison，2004：116-120）。

在个人观点的基础上，米勒总结道："整个《使者》一书都可以看作是一个巨大的拓展顿呼"，该书全篇都在使用"您（tu）"这一称呼（Miller，2017：34）。这封信或祈祷的接受者——小说的读者"成为顿呼的对象——因此有责任去回应和决定德里达所坚持的东西"（Miller，2017：34）。英文字母"O"是顿呼开始的标志，就像"O Lord"（哦，上帝！）是祈祷开始的标志一样。莫里森的小说同爱伦坡的短篇小说一样，是转化修辞的代表作。在作品中，活着的人与死者或死者的灵魂对话。在一段呼语中，一个人试图与另一个不在场的人对话，或者试图对其做出某种解释，这是莫里森在晚期小说中应用顿呼的特点。对米西·德恩·库比切克（Missy Dehn Kubitschek）来说，希德和克莉丝汀在小说《爱》中的最后一幕是"一种心灵感应的交流，标志着少女时代亲密关系的回归"（Kubitschek，2012：142）。《秀拉》一书的最后一幕也是如此。《天佑孩童》的最后一幕是甜甜代表母亲并且以一位母亲的身份忏悔、顿呼、恳求，并祈祷。根据凯文·夸西（Kevin Quashie）所言：

> 祈祷者是自我想法的听众。也就是说，祈祷主体在对一个在他/她想象中存在的听者倾诉。祈祷的重点不在于倾听祷告的神，而在于祈祷的主体，以及他/她的力量和信念。通过这种方式，祈祷是一种最完美的沟通——与一个既是自己又不是自己的人说话。这个绝妙阐述说明了祈祷本身既是一种乞求也是一种力量（Quashie，2012：92）。

据称，黑人女性因为无力保护自己的孩子而被妖魔化，而莫里森作品中的母亲几乎都为了孩子的利益做出了个人牺牲。她们想要保护孩子，让他们在一个安全的地方不受伤

结语 《天佑孩童》中的顿呼修辞

害,就像《宠儿》中的塞丝,《恩惠》中的闵哈妹①,和《天佑孩童》中的甜甜一样。祈祷体现了一种为反对制度化奴役而充满关切、忠诚、奉献、责任和牺牲的生活,体现了母亲和女儿的主体间的交流,是表达母爱的方式,是一种人神之间、母女之间相互呼唤、回应的浓情时刻。尽管美国当下的社会状况在种族关系方面取得了长足的进步,但甜甜回顾了她的过去:作为母亲,尽管在当时的情况下,以那种"必要的"方式抚养女儿是无奈之举,但她的动机是"善意的"。她的祈祷是针对女儿的表演性讲述,期望自己能被理解。就像莫里森笔下的其他母亲形象一样,她以母亲的身份为女儿做出了自己认为的最佳选择。甜甜的谆谆教诲成就了女儿的美好前程。现在,甜甜希望即将成为母亲的女儿能够意识到,成为一名负责任的母亲并不容易,她要面对的不仅仅是"孩子的啼哭、给孩子穿鞋子和换尿布"这么简单的问题(Morrison,2015:178)。母亲的责任是要确保孩子为迎接未来的生活和所有的挑战做好准备。作为母亲,甜甜通过祈祷求神赐予女儿力量,以便更好地履行她的职责,成为一名负责任的母亲,哺育并保护好她的孩子。在虔诚的祈祷

---

① 原文为 mina maé,系葡萄牙语,意为我的妈妈,此处系音译。——译者注

中，甜甜把孩子抽象成祈祷的对象，从此"她不再遭社会排挤，不再为种族所累，不再迷失自我，最重要的是，不再成为需要保护的、遭受虐待的受害者"（Burman，2002：42）。《天佑孩童》中母亲的诉求也将莫里森其余作品中的母亲和女儿联系起来，让读者与作者建立起精神上的共鸣。小说中最后的祈祷让读者联想起了《爱》一书中的祈祷，被佩拉吉亚·古利马里（Pelagia Goulimari）形容成她的另一个母亲的桑德勒（Sandler）为罗曼（Roman）祈祷，并告诫他提防迎娶一名妓女的危险："上帝，如果这个男孩和一个他不能信任的女人结成灵魂伴侣，那么请救救他吧！"（Morrison，2005：112）

"甜甜的祈祷之所以能行之有效的原因在于她能与女儿进行心灵感应，从而影响女儿的选择，使她成为一个负责任的母亲。甜甜的祈祷围绕着对新生命的感恩，并着眼于一个可能的、全新的未来，一个与过往截然不同的未来。她所祈祷的未来类似于一对有了孩子的父母所憧憬的未来：一个孩子。新的生命。不会受邪恶与疾病侵犯。被保护着，不会遭遇绑架、殴打、侵犯、歧视、侮辱、伤害与遗弃。与自我憎恨绝缘。不会误入歧途。绝对清白无瑕。不带一丝愤恨"（Morrison，2015：175）。她说道："祝你好运！天佑孩子！"并以"tikvah"这个词结束她的祈祷。根据艾莉·威斯（Elie

结语 《天佑孩童》中的顿呼修辞

Wiesel)所言:"'tikvah'这个词的意思是希望,孩子们代表了希望。正是这些孩子要去证明我们对教育、人际关系和社会正义所寄予的希望是正确的。换句话说,他们代表了我们对未来的希望,这是对我们过去的改进"(Wiesel, 2001: iv)。莫里森把对孩子的希望置于为建立一个公正的社会而斗争的核心位置。在那个公正的社会中,特别是在有种族压迫历史的群体中,没有种族主义、没有虐待,有的是民主、公平的社会福利分配,这一切都和肤色或者肤色特权毫无关系。

参考文献

Abraham, Nicolas and Maria Torok, *The Shell and the Kernel: Renewals of Psychoanalysis*, Vol. 1, Chicago: University of Chicago Press, 1994, Print.

Akhtar, Jaleel, *Dismemberment in the Fiction of Toni Morrison*, Newcastle upon Tyne: Cambridge Scholars, 2014, Print.

Anderson, Melanie R., *Spectrality in the Novels of Toni Morrison*, Knoxville: University of Tennessee Press, 2013, Print.

Asante, Molefi Kate, "Blackness as an Ethical Trope: Toward a Post-Western Assertion", *White on White/Black on Black*, Ed., George Yancy, Lanham: Rowman & Littlefield Publishers, Inc., 2005, Print.

Babb, Valerie, *Whiteness Visible: The Meaning of Whiteness in America Literatureand Culture*, New York: New York University Press, 1998, Print.

参考文献

Baker, Houston A. and Merinda K. Simmons, *The Trouble with Post-blackness*, New York: Columbia University Press, 2015, Print.

Barnaby, Andrew, *Coming Too Late: Reflections on Freud and Belatedness*, NewYork: State University of New York Press, 2017, Print.

Battersby, Matilda, "Oprah Winfrey 'Victim of Racism' in Switzerland: Billionaire Told She Can't Expensive Handbag at Exclusive Zürich Store", *Independent*, 9 August 2013, www.independent. co. uk/arts-entertainment/tv/news/oprah-winfrey-victim-of-racism-in-switzerland-billionaire-told-she-cant-afford-expensive-handbag-at-8753660. html/.

Bennett, Juda, *The Passing Figure: Racial Confusion in Modern American Literature*, New York: Peter Lang Publishing, 1996, Print.

Bennett, Juda, "Toni Morrison and the Burden of Passing Narrative", *African American Review*, Vol. 35, No. 2, 2001.

Bennett, Juda, *Toni Morrison and the Queer Pleasure of Ghosts*, Albany: State University of New York Press, 2014, Print.

Berns, Nancy, *Closure: The Rush to End Grief and What It Costs Us*, Philadelphia: Temple University Press, 2011, Print.

Bernstein, Robin, *Racial Innocence: Performing American Childhood from Slaveryto Civil Rights*, New York: New York University Press, 2011, Print.

Bonilla-Silva, Eduardo, *Racism Without Racists: Color-Blind Racism and the Persistence of Racial Inequality in America*, Lanham: Rowman & Littlefield Publishers, 2014, Print.

Burman, Erica, "Childhood, Sexual Abuse and Contemporary Political Subjectivities", *New Feminist Stories of Child Sexual Abuse: Sexual Scripts and Dangerous Dialogues*, Eds., Paula Reavey and Sam Warner, London: Routledge, 2002, Print.

Cameron, Olga Cox, "From Tragic Fall to Programmatic Blueprint: 'Behold This Is Oedipus…'", *Clinical Encounters in Sexuality: Psychoanalytic Practice & Queer Theory*, Eds., Noreen Giffney and Eve Watson, New York: Punctum Books, 2017, Digital.

Caruth, Cathy, *Unclaimed Experience: Trauma, Narrative, and History*, Baltimore: Johns Hopkins University Press, 1996, Print.

Chen, Angela, "Toni Morrison on Her Novels: 'I Think Goodness Is More Interesting'", *The Guardian*, 4 February 2016, www.theguardian.com/books/2016/feb/04/toni-morrison-godhelp-the-child-new-york/.

Childs, Erica Chito, *Fade to Black and White: Interracial Images in Popular Culture*, Lanham: Rowman & Littlefield Publisher, 2009, Print.

Collins, Patricia Hill, *Black Feminist Thought: Knowledge, Consciousness, and the Politics of Empowerment*, New York: Routledge, 1991, Print.

Crawford, Margo Natalie, *Black Post-Blackness: The Black Arts Movement and Twenty-First-Century Aesthetics*, Urbana: University of Illinois Press, 2017, Digital.

Crawford, Margo Natalie, *Dilution Anxiety and the Black Phallus*, Columbus: Ohio State University Press, 2008, Print.

Crawford, Margo Natalie, "Natural Black Beauty and Black Drag", *New Thoughts on the Black Arts Movement*, Eds., Lisa Gail Collins and Margo Natalie Crawford, Piscataway: Rutgers University Press, 2006, Print.

Crawford, Margo Natalie, "What Was is: The Time and Space of Entanglement Erased by Post-Blackness", *The Trouble with Post-Blackness*, Eds., Baker A. Houston and Merinda K. Simmons, New York: Columbia University Press, 2015, Print.

Davis, Angela Y., "Black Women and Welfare", *Intersectionality: A Foundations and Frontiers Reader*, Ed., Patrick R. Grzanka, Boulder: Westview Press, 2014, Print.

DeSalvo, Louise, *Virginia Woolf: The Impact of Childhood Sexual Abuse on Her Life and Work*, London: The Women's Press, 1991, Print.

Dickie, Margaret, *Stein, Bishop & Rich: Lyrics of Love, War & Place*, Chapel Hill: University of North Carolina Press, 1997, Print.

Dolezal, Rachel, *In Full Color: Finding My Place in a Black and White World*, Dallas: BenBella Books, Inc., 2017, Digital.

Dreisinger, Baz, *Near Black: White-to-Black Passing in American Culture*, Amherst: University of Massachusetts Press, 2008, Print.

Du Bois, W. E. B., *The Souls of Black Folk*, Seattle: Amazon Classics, 2017, Digital.

Dyson, Michael Eric, *The Black Presidency: Barack Obama and the Politics of Race in America*, New York: Houghton Mifflin Harcourt, 2016, Digital.

Elam, Michele, *The Souls of Mixed Folk: Race, Politics, and Aesthetics in the New Millennium*, Stanford: Stanford University

参考文献

Press, 2011, Print.

Elan, Priya, "Why Pharrell Williams Believes in the New Black", *The Guardian*, 22 April 2014, www.theguardian.com/music/shortcuts/2014/apr/22/trouble-with-pharrell-williams-new-blac k-theory/.

Ellis, Trey, "The New Black Aesthetic", *Callaloo*, No. 38, Winter 1989, Fabi, M. Giulia, *Passing and the Rise of the African American Novel*, Urbana: University of Illinois Press, 2001, Print.

Fanon, Frantz, *Black Skin, White Masks*, London: Pluto Press, 2008, Print.

Farrington, Lisa E., *Creating Their Own Image: The History of African American Women Artists*, New York: Oxford University Press, 2005, Print.

Fleetwood, Nicole R., *On Racial Icons: Blackness and the Public Imagination*, New Brunswick: Rutgers University Press, 2015, Print.

Fleetwood, Nicole R., *Troubling Vision: Performance, Visuality, and Blackness*, Chicago: University of Chicago Press, 2011, Digital.

Foreman, Katya, "Grace Jones: Style, Power and In-your-face

Sexuality", BBC Culture, 2015, www.bbc.com/culture/story/20151002-grace-jones-style-power-and-in-your-face-sexuality.

Frankowski, Alfred, *The Post-Racial Limits of Memorialisation: Toward a Political Sense of Mourning*, Lanham: Lexington Books, 2015, Digital.

Fuller, Hoyt W., "Towards a Black Aesthetics", *Within the Circle: An Anthology of African American Literary Criticism from the Harlem Renaissance to the Present*, Ed., Angelyn Mitchell, Durham: Duke University Press, 1994.

Fultz, Lucille P., "Love: An Elegy for the African American Community", *Toni Morrison: Memory and Meaning*, Eds. Adrienne Lanier Seward and Justine Tally, Jackson: University of Mississippi Press, 2014, Print.

Gallego, Mar, "Love and the Survival of the Black Community", *The Cambridge Companion to Toni Morrison*, Ed. Justine Tally, Cambridge: Cambridge University Press, 2007, Print.

Gana, Nouri, *Signifying Loss: Toward a Poetic of Narrative Mourning*, Lewisburg: Bucknell University Press, 2011, Print.

Gates, Henry Louis, Jr. and Gene Andrew Jarrett, *The New Negro: Readings on Race, Representation, and African American Culture, 1892–1938*, Princeton: Princeton University Press,

参考文献

2007, Print.

Goldberg, Jesse A., "From Sweetness to Toya Graham: Intersectionality and the (Im) Possibilities of Maternal Ethics", *Toni Morrison on Mothers and Motherhood*, Eds., Lee Baxter and Martha Satz, Bradford: Demeter Press, 2017, Digital.

Goulimari, Pelagia, *Toni Morrison*, London: Routledge, 2011, Print.

Guinier, Lani and Gerald Torres, "Political Race and the New Black", *The New Black: What has Changed-And What has Not-With Race in America*, Eds., Kenneth W. Mack and Guy-Uriel E. Charles, New York: The New Press, 2013, Print.

Hall, Alice, *Disability and Modern Fiction: Faulkner, Morrison, Coetzee and the Nobel Prize for Literature*, Hampshire: Palgrave MacMillan, 2012, Print.

Hart, David William, "Dead Black Man, Just Walking", *Pursuing Trayvon Martin: Historical Contexts and Contemporary Manifestations of Racial Dynamics*, Eds., George Yancy and Janine Jones, Lanham: Lexington Books, 2013, Digital.

Henry, Paget, "Whiteness and Africana Phenomenology", *What White Looks Like: African-American Philosophers on Whiteness Question*, Ed., George Yancy, New York: Routledge, 2004,

Digital.

Hobbs, Allyson, *A Voluntary Exile: A History of Racial Passing in American Life*, Cambridge, MA: Harvard University Press, 2014, Digital.

Hobson, Janell, *Body as Evidence: Mediating Race, Globalizing Gender*, Albany: State University of New York Press, 2012, Print.

Hobson, Janell, *Venus in the Dark: Blackness and Beauty in Popular Culture*, New York: Routledge, 2005, Print.

Hooks, Bell, *Black Looks: Race and Representation*, Toronto: Between the Lines, 1992, Print.

Hooks, Bell, *Salvation: Black People and Love*, New York: Harper Collins Publishers, 2001, Print.

James, Robin, *Resilience and Melancholy: Pop Music, Feminism, Neoliberalism*, Winchester: John Hunt Publishing, 2015, Digital.

Johnson, Patrick E., *Appropriating Blackness: Performance and the Politics of Authenticity*, Durham: Duke University Press, 2003, Print.

Johnson, Patrick E., *No Tea, No Shade: New Writings in Black Queer Studies*, Durham: Duke University Press, 2016, Digital.

参考文献

Jones, Janine, "Tongue Smell Color Black", *White on White/ Black on Black*, Ed., George Yancy, Lanham: Rowman & Littlefield Publishers, Inc., 2005, Print.

Judy, Ronald A. T., "Fanon's Body of Black Experience", *Fanon: A Critical Reader*, Eds., Lewis R. Gordon, T. Denean Sharpley-Whiting and Renée T. White, Oxford: Blackwell Publishers, 1996, Print.

Kennedy, Randall, *Sellout: The Politics of Racial Betrayal*, New York: Pantheon Books, 2008, Print.

Kincaid, James R., *Erotic Innocence: The Culture of Child Molesting*, Durham, NC: The Duke University Press, 1998, Print.

Kubitschek, Missy Dehn, "Playing in the Wild: Toni Morrison's Canon and the Wild Zone", *Toni Morrison: Forty Years in the Clearing*, Ed., Carmen R. Gillespie, Lewisburg: Bucknell University Press, 2012, Print.

Lee, Shayne, *Erotic Revolutionaries: Black Women, Sexuality, and Popular Culture*, Lanham: Hamilton Books, 2010, Digital.

Li, Stephanie, "Black Literary Writers", *The Trouble With Post-Blackness*, Eds., Baker A. Houston and K. Merinda Simmons, New York: Columbia University Press, 2015, Print.

Li, Stephanie, *Signifying Without Specifying: Racial Discourse in the Age of Obama*, New Brunswick: Rutgers University Press, 2012, Digital.

Locke, Alain, *The New Negro*, New York: Touchstone, 1999, Digital.

Mack, Kenneth W. and Guy-Uriel E. Charles (eds.), *The New Black: What Has Changed-And What Has Not-With Race in America*, New York: The New Press, 2013, Print.

Martin, Reginald, *Ishmael Reed and the New Black Aesthetic Critics*, New York: St. Martin's Press, 1988, Print.

Mccaskill, Barbara, "Twenty-First-Century Literature: Post-Black? Post-Civil Rights?", *The Cambridge Companion to Civil Rights Literature*, Ed., Armstrong, Julie, New York: Cambridge University Press, 2015, Print.

McIvor, David W., *Mourning in America: Race and the Politics of Loss*, Ithaca: Cornell University Press, 2016, Digital.

Melancon, Trimiko, *Unbought and Unbossed: Transgressive Black Women, Sexuality and Representation*, Philadelphia: Temple University Press, 2014, Print.

Mercer, Kobena, "Black Hair/Style Politics", *Welcome to the Jungle: New Positions in Black Cultural Studies*, Ed., Mercer

Kobena, New York: Routledge, 1994, Print.

Miller, Alice, *Thou Shalt Not Be Aware: Society's Betrayal of the Child*, New York: A Meridian Book, 1984, Print.

Miller, J. Hillis, "Absolute Mourning: It is Jacques You Mourn For", *Re-reading Derrida: Perspectives on Mourning*, Eds., Tony Thwaites and Judith Seaboyer, Lanham: The Rowman & Littlefield Publishing, 2013, Print.

Miller, J. Hillis, "Glossing the Gloss in 'Envoys' in The Post Card", *Going Postcard: The Letters of Jacques Derrida*, Ed., Vincent W. J. van Gerven Oei, New York: Punc-tum Books, 2017, Digital.

Miller, J. Hillis, *Versions of Pygmalion*, Cambridge: Harvard University Press, 1990, Print.

Mills, Charles W., *Blackness Visible: Essays on Philosophy and Race*, Ithaca: Cornell University Press, 1998, Digital.

Min, Susette, "Remains to Be Seen: Reading the Works of Dean Sameshima and Kahnh Vo", *Loss: The Politics of Mourning*, Eds., David L. Eng and David Kazanjian, Berkeley: University of California Press, 2003, Print.

Monahan, Michael J., *The Creolizing Subject: Race, Reason and the Politics*, New York: Fordham University Press, 2011,

Print.

Morrison, Toni, "Author Toni Morrison Presents Her Latest Book, 'God Help the Child: A Novel'", *Interview by Charlie Rose*, 30 April 2015, https://charlierose.com/videos/23790/.

Morrison, Toni, "Bench by the Road: *Beloved* by Toni Morrison", *Toni Morrison: Conversations*, Ed., Carolyn C. Denard, Jackson: University Press of Mississippi, 2008, Print.

Morrison, Toni, "An Interview with Toni Morrison", With Bessie W. Jones and Audrey Vision, *Conversations with Toni Morrison*, Ed., Danille K. Taylor-Guthrie, Jackson: University Press of Mississippi, 1994a, Print.

Morrison, Toni, "The Pain of Being Black", Interview With Bonnie Angelo, *Conversations with Toni Morrison*, Ed., Danille K. Taylor-Guthrie, Jackson: University Press of Mississippi, 1994b, Print.

Morrison, Toni, "Toni Morrison in Conversation", Conversation with Mario Kaiser and Sarah Ladipo Manyika, *Granta*, 29th June 2017, https://granta.com/toni-morrison-conversation/.

Morrison, Toni, *Song of Solomon*, New York: Vintage, 1998, Print.

参考文献

Morrison, Toni, *Jazz*, New York: Vintage, 2004, Print.

Morrison, Toni, *Love*, New York: Vintage, 2005, Print.

Morrison, Toni, *Tar Baby*, New York: Vintage, 2004, Print.

Morrison, Toni, *Bluest Eye*, New York: Vintage Books, 2007, Print.

Morrison, Toni, *The Origin of Others: The Charles Eliot Norton Lectures*, 2016, Cambridge, MA: Harvard University Press, 2017, Digital.

Morrison, Toni, *God Help the Child*, New York: Alfred A. Knopf, 2015, Print.

Murray, Derek Conrad, *Queering Post-black Art: Artists Transforming African-American Identity After Civil Rights*, London: I. B. Taurus & Co, 2016, Print.

Mark Anthony, *Soul Babies: Black Popular Culture and the Post-Soul Aesthetic*, New York: Routledge, 2002, Print.

Nerad, Julie Cary, *Passing Interest: Racial Passing in US Novels, Memoirs, Television, and Film, 1990 – 2010*, Albany: State University of New York Press, 2014, Digital.

Norman, Brian, "The Dilemma of Narrating Jim Crow", *The Cambridge Companion to Civil Rights American Literature*, Ed., Julie Armstrong, New York: Cambridge University

Press, 2015, Print.

O'Dell, Lindsay, "The 'Harm' Story in Childhood Sexual Abuse: Contested Understandings, Disputed Knowledge", *New Feminist Stories of Child Sexual Abuse: Sexual Scripts and Dangerous Dialogues*, Eds., Paula Reavey and Sam Warner, London: Routledge, 2002, Print.

Oforlea, Aaron Ngozi, *James Baldwin, Toni Morrison and the Rhetoric of Black Male Subjectivity*, Columbus: The Ohio State University, 2017, Digital.

Osucha, Eden, "Passing in Blackface: The Intimate Drama of Post-Racialism on Black, White", *Passing Interest: Racial Passing in US Novels, Memoirs, Television, and Film, 1990 – 2010*, Ed., Julie Cary Nerad, Albany: State University of New York Press, 2014, Digital.

Patterson, Orlando, "The Post-Black Condition", *The New York Times*, 22 September 2011, www.nytimes.com/2011/09/25/books/review/whos-afraid-of-post-blackness-by-toure-book-review.html/.

Peterson, Christopher, *Bestial Traces: Race, Sexuality, Animality*, New York: Fordham University Press, 2013, Print.

Pfeiffer, Kathleen, *Race Passing and American Individualism*,

Amherst: University of Mas-sachusetts Press, 2003, Print.

Quashie, Kevin, *The Sovereignty of Quiet: Beyond Resistance in Black Culture*, New Brunswick: Rutgers University Press, 2012, Print.

Rankine, Claudia, "The Condition of Black Life is One of Mourning", *The Fire This Time: A New Generation Speaks about Race*, Ed., Jesmyn Ward, New York: Scribner, 2016, Print.

Reed, Ishmael, *The Reed Reader*, New York: Basic Books, 2000, Print.

Ricciardi, Alessia, *The Ends of Mourning: Psychoanalysis, Literature, Film*, Stanford: Stanford University Press, 2003, Print.

Scarry, Elaine, *On Beauty and Being Just*, Princeton: Princeton University Press, 1999, Print.

Schwab, Gabriele, *Haunting Legacies: Violent Histories and Transgenerational Trauma*, New York: Columbia University Press, 2010, Print.

Schwarcz, Lilia Moritz, "Painting and Negotiating Coors", *"I Don't See Colour": Personal and Critical Perspectives on White Privilege*, Ed. Bettina Bergo, University Park: Penn State

University Press, 2015, Print.

Secret, Timothy, *The Politics and Pedagogy of Mourning: On Responsibility in Eulogy*, London: Bloomsbury, 2015, Digital.

Shavers, Rone, "Fear of a Performative Planet: Troubling the Concept of 'Post-Blackness'", *The Trouble With Post-Blackness*, Eds., Baker A. Houston and Simmons K. Merinda, New York: Columbia University Press, 2015, Print.

Shoenfeld, Jené, "Can One Really Choose? Passing and Self-Identification at the Turn of the Twenty-First Century", *Passing Interest: Racial Passing in US Novels, Memoirs, Television, and Film, 1990 – 2010*, Ed., Julie Cary Nerad, Albany: State University of New York Press, 2014, Digital.

Singleton, Jermaine, *Cultural Melancholy: Readings of Race, Impossible Mourning, and African American Ritual*, Urbana: University of Illinois Press, 2015, Digital.

Stereo, Williams, "Common, Pharrell, and 'The New Black': An Ignorant Mentality that Undermines the Black Experience", *Daily Beast*, 19 April 2015, www.thedailybeast.com/common-pharrell-and-the-new-black-an-ignorant-mentality-that-undermines-the-black-experience/.

Stern, Katherine, "Toni Morrison's Beauty Formula", *The Aes-

thetics of Toni Morrison: *Speaking the Unspeakable*, Ed. Marc C. Conner. Jackson: University of Mississippi Press, 2000, Digital.

Stockton, Kathryn Bond, *Beautiful Bottom, Beautiful Shame*: *Where "Black" Meets "Queer"*, Durham, NC: Duke University Press, 2006, Print.

Stockton, Kathryn Bond, "The Queer Child Now and Its Paradoxical Global Effects", *The Child Now* (A Journal of Lesbian and Gay Studies), Eds., Julian Gill-Peterson and Kathryn Bond Stockton, Durham, NC: Duke University Press Books, 2016, Print.

Stockton, Kathryn Bond, *The Queer Child*: *Or Growing Sideways in the Twentieth Century*, Durham: Duke University Press, 2009, Print.

Stow, Simon, *American Mourning*: *Tragedy, Democracy, Resilience*, Cambridge: Cambridge University Press, 2017, Digital.

Taylor, Keeanga-Yamahtta, *From Black Lives Matter to Black Liberation*, Chicago: Haymarket Books, 2016, Digital.

Taylor, Paul C., *Black is Beautiful*: *A Philosophy of Black Aesthetics*, Pondicherry: Wiley-Blackwell, 2016a, Digital.

Taylor, Paul C., *On Obama*, New York: Routledge, 2016b,

Digital.

Taylor, Paul C. , "Post-Black, Old-Black", *African American Review*, Vol. 41, No. 4, 2007, Digital.

Thompson, Barbara, *Black Womanhood: Images, Icons, and Ideologies of the African Body*, Seattle: University of Washington Press, 2008, Print.

Thompson, B. Lisa, *Beyond the Black Lady: Sexuality and the New African American Middle Class*, Urbana: University of Illinois Press, 2009, Print.

Tillet, Salamishah, *Sites of Slavery: Citizenship and Racial Democracy in the Post-Civil Rights Imagination*, Durham, NC: Duke University Press, 2012, Digital.

Touré, *Who is Afraid of Post-blackness: What It Means to Be Black Now*, New York: The Free Press, 2001, Print.

Tuggle, Lindsay, "The Haunting of (un) Burial: Mourning the 'Unknown' in Whitman's America", *Re-reading Derrida: Perspectives on Mourning*, Eds. , Tony Thwaites and Judith Seaboyer, Lanham: Rowman & Littlefield Publishing, 2013, Print.

Vanzant, Iyanla, "Bump, Grind, Twist, and Celebrate", *Naked: Black Women Bare All About Their Skin, Hair, Hips, Lips,* and Other Parts", New York: Berkley Publishing Group, 2005, Print.

Walker, Rebecca, *Black Cool: One Thousand Streams of Blackness*, Berkeley: Soft Skull Press, 2012, Print.

West, Cornel, *The Cornel West Reader*, New York: Basic *Civitas* Books, 1999, Print.

Wiesel, Elie, *Tikvah: Children's Book Creators Reflect on Human Rights*, New York: SeaStar Books, 2001, Print.

Wilkinson, Claude, "Appropriating Blackness: Oreo Dreams Deferred in Charles Fuller's a Soldier's Play", *Constructing the Literary Self*, Ed., Patsy J. Daniels, Newcastle upon Tyne: Cambridge Scholars Publishing, 2013, Print.

Willet, Cynthia and Julie Willett, "Trayvon Martin and the Tragedy the New Jim Crow", *Pursuing Trayvon Martin: Historical Contexts and Contemporary Manifestations of Racial Dynamics*, Eds., George Yancy and Janine Jones, Lanham: Lexington Books, 2013, Digital.

Winters, Joseph R, *Hope Draped in Black: Race, Melancholy and the Agony of Progress*, Durham, NC: Duke University Press, 2016, Digital.

Wyatt, Jean, *Love and Narrative Form in Toni Morrison's Later*

Novels, Athens: University of Georgia Press, 2017, Print.

Yancy, George, *Black Bodies, White Gazes: The Continuing Significance of Race*, Lanham, MD: Rowman & Littlefield Publishers, Inc., 2008, Print.

Yancy, George, *What White Looks Like: African-American Philosophers on Whiteness Question*, New York: Routledge, 2004, Digital.

Yancy, George (Ed.), *White on White/Black on Black*, Lanham, MD: Rowman & Littlefield Publishers, Inc., 2005, Print.

Zackodnik, Teresa C, *The Mulatta and the Politics of Race*, Jackson: University Press of Missis-sippi, 2004, Print.

Ziegler, Kortney, "Black Sissy Masculinity and the Politics of Disrespect Ability", *No Tea, No Shade: New Writings in Black Queer Studies*, Ed. E. Patrick Johnson. Durham, NC: Duke University Press, 2016, Digital.